JN319685

アヴェ・マリアのヴァイオリン

香川宣子

角川文庫
19224

目次

【主な登場人物】

あすか　徳島に住む十四歳の女の子。小さい頃からヴァイオリンを習っている。
清原　楽器商。あすかに「アヴェ・マリア・ヴァイオリン」を紹介する。
カルザス　ポーランドに住む音楽家。あすかに「アヴェ・マリア・ヴァイオリン」の由来を語る。

ハンナ　十四歳のユダヤ人の少女。「アヴェ・マリア・ヴァイオリン」の持ち主。
クラウス　ドイツ人の音楽家。ハンナの一家を追って強制収容所へ入る。
アルル　ユダヤ人の音楽家。強制収容所の囚人音楽隊の指揮者。
レオ　ポーランド人。クラウスの囚人音楽隊のチェロ奏者。
デイビッド　板東収容所のドイツ人俘虜《ふりょ》。収容所でパンを作る。
ポール　板東収容所のドイツ人俘虜。収容所で「アヴェ・マリア・ヴァイオリン」を作った職人。

前奏曲《プレリュード》　私

それまでの私は、訪れる毎日を、ただ漠然と過ごしてきた。

みんなが行くから学校へ通うし、なんとなく近くにいた子と友達になる。

母に怒られるから勉強をするし、仲間外れになりたくないからいい人の振りをする。

何かをしたいなんていう、自分の中から沸き起こるような衝動はなくて、今いる世界や与えられた環境、そして十四歳の狭い視野の中で生きてきた。

それがおかしなことだとは思わなかったし、誰もがそうなんだろうと思っていた。

そして、これからもきっとそうやって生きていくのだと感じていた。


そう、あの運命のヴァイオリンに出会うまでは——。

第一章　あすか

1

「あすか、進路決まった？」

朝のホームルームが終わると、一時間目の授業が始まるまでに五分程の時間がある。そのちょっとしたざわめきの中で、前の席の亜由美《あゆみ》がくるりと後ろを振り向いた。

亜由美は生まれた時から隣に住んでいる友人で、中学校二年生の今でもクラスの中で一番仲がいい。

夢中になっているマンガの話をしたり、ティーン雑誌の貸し借りをしたり、最近では亜由美に好きな男の子ができて、二人で彼のサッカーの試合を見に行ったりしていてちょっと忙しかった。

そんな亜由美はホームルーム中に配られた進路調査票を手にして、困ったように私を見た。

「進路、ねぇ……」

困っているのは私も同じだ。

なりたいと思うものはあるけれど、簡単になれるものではないことは分かっているし、なにより母を説得するのが難しい。母親に逆らってまでやりたいことなのかというと、はっきりいってよく分からなかった。

「ヴァイオリンが弾ければいいんだけど……」

「じゃあ、お父さんの仕事を継がないの？」

父は医者だった。子供の頃から父親が医者だというと、必ずと言っていいほど私も父の後を継ぐんだろうという目で見られてきたけれど、医者は伝統芸能とは違って世襲ではない。

「えー、継がないよ。あたしは二十四で結婚する予定だもん。そしたら専業主婦になるんだから」

「ちょっと待って、ヴァイオリニストか主婦かどっちかにしてよ」

「ひとつに決めなきゃだめ？」

そう問うと、亜由美は呆《あき》れた表情をした。

「ヴァイオリンも主婦もなんて言うほど、世の中甘くないんです。最近いとこのお姉ちゃんに子供が生まれたんだけど、子育てしながら仕事するって本当に大変だよ」

「そっか……」

主婦がそんなに大変なことだと思わなかったし、ヴァイオリンだって将来どう関わっていきたいのか明確にはなっていない。

正直そこまで深く将来について考えたこともなかった。

「でも、あすかのママはあすかに医者になってもらいたいんじゃないかな。うちのママもそんなこと言ってた。そういえば、あすかのママって言えば……」

そこまで言って亜由美はぷっと噴き出す。

「昨日、すごかったね。あすかが練習をサボってるって分かって、あの剣幕だもん」

昨日のことを思い出したのか、亜由美は話しながらケラケラ笑い転げる。

学校から帰ってすぐに亜由美の家に遊びに行ったため、日課になっているヴァイオリンの練習を後回しにしてしまったのだ。そうと分かった母は、亜由美の家に私を迎えに来るなんて芸のないことはせずに、近所中に響く声で私の名前を外に向かって叫びだした。

「あすかー！」という地獄から響いてくるような怒声に恐ろしくなって、慌てて家に帰ったものだ。

「医者にさせたいわりに、ヴァイオリンの練習をサボるとホント、うるさいんだから……。ヴァイオリニストは、あたしじゃなくてお母さんがなりたかったんだよ」

「あすかのママ、ヴァイオリン弾けるの？」

「そうじゃないんだけど、お母さんが小さい頃、近所にヴァイオリンの上手なお姉さんがいて、すごく憧《あこが》れてたんだって。お母さんはヴァイオリンを習いたいって言っても、家族に反対されて習うことはできなかったみたいだけど」

「そっか、元々はママがヴァイオリン好きなんだ」

「うん、そう。でも、まぁ、今はあたしもなりたいなって思ってるんだけどね。ヴァイオリン教室の先生になりたいって言ったら、それはそれで反対されそうだなぁ」

二歳からピアノを、三歳からヴァイオリンを始めて十年以上が過ぎていた。

今はヴィターリの『シャコンヌ』が暗譜で弾けるくらいで、レッスンの進度としては上の中くらい。プロを目指すような子の中では進んでいるわけでも遅いわけでもない、普通程度だった。

本気でヴァイオリニストを目指すのであればもっと練習をしなければいけないし、実際に私の何倍も練習をしている同年代の子は、全国に数えきれないほどいる。

「でも、あすかは天才って言われてるんでしょう？　これもうちのママ情報なんだけど、東京の先生のところに習いに行くように勧められたことがあるって聞いたよ！」

「うーん、ヴァイオリンが弾けない子に比べたら天才なのかもしれないけど、あたしくらいのレベルの子なんてごまんといるよ」


小学校三年生の頃、ヴァイオリンを習っていた先生に、

「月に一度くらい東京までレッスンに行ったらどう?」

と勧められたことがあった。

四国の徳島に住んでいる私にとって東京は夢のような街で、単純に東京に行けることが嬉《うれ》しくて、紹介された先生のもとに一度だけレッスンを受けに行ったことがある。

けれども、一緒にレッスンを受けた生徒たちのレベルの高さに圧倒されて、泣いて帰ったのを覚えている。

四国の小さな町で天才と呼ばれて少し得意になっていた私は、本物の天才を目の前にして頭をガツンと殴られたような衝撃を受けた。自分が本当は天才なんてものではなく、少し器用なだけだったんだと知った瞬間だ。

天才だと言われて得意になっていたそれまでの自分が恥ずかしくて、急にみじめな気分を味わった。そして、何より私が天才じゃないということを、母に知られることが怖かった。

母は翌月も私を東京に連れて行こうとしたけれど、何があっても行きたくないって

大騒ぎをして頑として部屋から出なかった。理由を聞かれても一言も話さない私の姿に何か感じ取るものがあったのか、母は引きずって連れて行くようなことはしなかった。

そんなことが数か月も続くと、母も諦《あきら》めてくれたみたいで、東京へレッスンに行く話はそれ以降出ることはなかった。

決してヴァイオリンが嫌いなわけではないけれど、プロのソリストを目指すのではなく、もう少し自由に楽しく弾きたいと思っているだけだ。

だから、将来の希望を聞かれても音楽家ではなく、ヴァイオリンを弾けるような仕事がしたいとしか答えられないでいる。もしかしたら、母の言うように医者になるのが本当はいいのかもしれないとも思っていた。

「進路調査票に音楽科に行きたいなんて書いたら、お母さんカンカンだろうなぁ……」

かつて私が天才と言われていた頃は、母も娘を音楽家にしたいという希望があったようだけれど、東京の高名な先生のレッスンに行かない選択をした時点で、私がプロになることは諦めている。

それでもヴァイオリンを続けさせてくれているのは、勉強だけしかできないような偏った人間になってもらいたくないからという理由だった。

今現在の母はというと、高校受験までまだ一年以上もあるというのに、有名進学校や予備校の募集要項を取り寄せたり、学校見学に連れて行ったりして、私が医学部を受験するものと信じて疑っていないようだった。

医者になりたい気持ちが全くないわけではないけれど、まだ自分自身の気持ちが決まっていないうちに、先回りして次々と与えられると受け取るのが苦痛にもなる。

そんなことを言えば怒られるに決まっているから黙っているけれど、なりたいものややりたいことに対する母親と私の温度差を感じている。

「親子喧嘩《げんか》しても、うちに逃げ込むのだけはやめてよね。あたしまであすかのママに怒られてる気分になるんだから」

ヴァイオリンの練習を巡って、毎日のように喧嘩をしている私たち親子のことをよく知っている亜由美は、からかうように言って笑った。

2

懇意にしている楽器店から、いいヴァイオリンが入ったと連絡があったのはその日のことだった。

ヴァイオリンには巡り合わせがあると言われているけれど、小学校高学年で今のヴァイオリンを手に入れた時は、正直なところ妥協をした結果といえる。

お店の人から勧められたいくつものヴァイオリンの中ではいい音色を出していたほうだったけれど、コンクールを意識すると少し物足りなさのある音だった。最近よくあるおもちゃのヴァイオリンのような味気ない太い音が、私はどうしても気になって仕方がない。

一方、ヴァイオリンに詳しくない母は、音色よりも百万円という値段が気に入らなかったみたいだ。コンクールで上位に入る子たちの中には一千万円を超えるヴァイオリンを持っている人も少なくなくて、いい演奏をするには高いヴァイオリンを持つべきだと信じて疑っていないようだった。

お店にいいヴァイオリンが入荷したら買い替えることを前提にして、今のヴァイオリンを手に入れたのだ。

高価なヴァイオリンの音色は確かにいいのだけれど、最終的に値段に見合う音が引き出せるかどうかは、演奏者の腕によるのだと思う。

ヴァイオリンがよくなったからといって、私が驚異的に上手になるわけでもない。だから、母の思い描くように、ヴァイオリンを替えて私が急にコンクール上位の仲間入りになることはないとは思うけれど、単純に新しいヴァイオリンと出会うことは嬉《うれ》しくてワクワクする。

退屈な田舎に住んでいる私にとって、新たなヴァイオリンとの出会いは、立派なニュースだった。

「――オールドヴァイオリンが入荷したって聞いたんですけど」

楽器店に入ると、清原《きよはら》と名乗る男の人が出てきた。

お店の名前が『清原楽器商』だから、きっとオーナーなんだろう。

前回このお店に来た時は三年も前のことだから、応対した人の顔をすっかり忘れてしまっていたけど、四十代半ばくらいの彼はどこか若々しくて、頼れるお兄さんといった感じだった。

「お待ちしていました。村上あすかちゃんとお母様ですね、奥へどうぞ」

店内にはヴァイオリンだけでなく、ビオラやチェロ、コントラバスが並んでいた。徳島で弦楽器をやっている人だったら一度は立ち寄ったことのあるような有名店だ。

店内を奥へ抜けると、商談スペースのようになった応接セットには、すでに四丁のヴァイオリンが並んでいた。

オールドヴァイオリンというのは、単に古いヴァイオリンという意味ではない。作られてから何百年と経つヴァイオリンは何人もの手に渡って弾きこまれているため、とてもいい音が出るし、時間を経た分だけ木が乾燥しているから深い音が出る。そして、新品のヴァイオリンと比べて圧倒的に数が少ない分、値段が張るものだった。

「わぁ………」

「こら、まだ触っちゃだめよ！」

並んでいたヴァイオリンの一つに手を伸ばそうとすると、母の厳しい声にたしなめられる。

「触っちゃだめ？」

母はだめだと言うに決まっているから、振り返って清原さんに問いかけた。

「いいよ。あすかちゃんの好きなのから弾いてごらん」

「やった。じゃあ、何弾こうかな。『きらきら星』でいいかな」

一番手前のヴァイオリンを手に取ると、調弦してあることを確かめる。

「『きらきら星』は幼すぎるから、今練習している曲がいいんじゃない？」

「じゃあ、『シャコンヌ』かな」

しばらく弾いてから、次のものも同じように弾いていった。

三つ続けて弾くと、最後のヴァイオリンに手をかける前に清原さんは「どうだった？」と聞いてくる。

「うーん、最初のは音はまろやかで好きなんだけど、なんとなくD線《デー》が硬くて音が出にくい。次のは、出にくい音はないんだけど、音色が無骨で好きじゃない。三つ目のはまるでだめ。音も硬いし出にくい」

「ええ、そうなの？　お母さんは三つ目がいいなあと思ってたんだけど。だって、その金色の金具が素敵じゃない」

私が一番だめだと言った三番目のヴァイオリンを、母は一番気に入っていたみたいだ。

「お母さん、ヴァイオリンは見た目じゃないよ。金色の金具がいいんだったら取り替えればいいけど、音は取り替えられないんだからね」

ミーハーな母の意見についムキになってしまう。

これだけのオールドヴァイオリンを弾き比べるなんて滅多にないことだからか、自分の経験と感覚で分かることはちゃんと伝えなければという、使命のようなものを少なからず感じていた。

「さすがヴァイオリンを十年続けているだけあって、あすかちゃんは耳が確かだね。それなら最後の一つを弾いてみようか」

「うわ、なんか古そう」

先に弾いた三つと違って、この最後のヴァイオリンは全体的に色ムラもあって、ペグと呼ばれる弦調節のつまみの部分に小さな傷がある。

いや、傷かと思ったら『D・B・L』とアルファベットが刻まれていた。

裏を返すと中央のふくらみ部分から肩あての部分の色が、抜けたように真っ黄色に変色していた。

よく見ると筋状になったその跡は、水のようなものが繰り返し流れたようにも感じられて、まるで元の持ち主は、涙を流しながらヴァイオリンを弾いていたのではないかと思わせるようなものだった。

「ほんとに、なんか古ぼけているわね」

「わざと古そうに見せているんですよ、十七世紀のもののように。これはドイツ製のヴァイオリンなんですが、二十世紀初期のものだから実際はそんなに古くはないんです。この点状の傷のようなものも色の不均一性もすべてわざと古く見せて作っているものですが、これがいかに上手に作られているかが価値にもなるんですよ」

「へぇ、そんなものなんですか」

そう言って、母もしげしげとヴァイオリンを眺めた。

得体の知れないものを持ったように、私は恐る恐るE《エー》線とA《アー》線を一緒に弾く。

「え……」

一瞬、自分の耳がおかしくなったのかと思った。

やわらかな音色に重なるように、かすかにもう一音が重なる。さわやかな音色なのに、その共鳴音のせいでものさびしさが漂っていた。

普通、音が二重に共鳴するヴァイオリンは、支柱の狂いとかニスの調整不良、板のひび割れなどによって起こることが多いというけれど、音の感じからして不良品とは思えない。

「どうしたの？」

エッフェと呼ばれるヴァイオリンに開いたf字孔を覗《のぞ》き込む私に、母は問いかけてきた。

「なんか、ちょっとおかしいかな……」

「そう？　すごくよく鳴ってると思う。あすか、もっと弾いてみせてよ」

母に促《そく》されて、他の三丁と同じように『シャコンヌ』を弾き始める。たった一フレーズを弾いただけで、今まで触ったどのヴァイオリンとも全然違うことが分かった。

「このヴァイオリン、すごい！　すっごくいい音」

「そうだね。これは決して弾きやすいというほどの板の乾燥状態ではないけど、日本にある百年ものに比べると乾燥地で保管されていたので非常によく音が鳴るんだよ」

「うん、そういうのもあるのかもしれないけど、なんかもっと……」

「よく共鳴するから、音が出やすい？」

「そう！」

こんな特徴のあるヴァイオリンを一度弾いてしまったら、他のものは霞《かす》んで見える。ヴァイオリンは巡り合わせだという言葉の意味が、身をもって分かった。

「お母さん、あたしこれが欲しい」

「欲しいって簡単に言うけど、いいものみたいだし、結構お高いんでしょう？」

「そうですね、売るつもりはなかったんですが……」

清原さんは少し考えるようにして「どうしてもとおっしゃるなら、お貸ししますよ。値段はつけようのないヴァイオリンですから」と言った。

「と、と、とんでもない。そんな大切なものを」

と母は言うけれど、私の心はこの不思議なヴァイオリンから離れなかった。

「でも、これを弾いちゃったら他のが弾けないよ」

「そんなこと言ってもプロのヴァイオリニストが持つような素晴らしいヴァイオリンだから、さぼりのあすかなんかに貸していただけるのも申し訳ないわ」

「……ですがね、お母さん。これを超えるヴァイオリンにこの先出会えるかどうか、私は保証できません。楽器との出会いは縁ですから、コンクールの前に楽器を探したからといって、思い描くヴァイオリンに出会えるとは限らないのです」

なんて清原さんが言うものだから、ますますこのヴァイオリンが使いたくなる。

楽器商という彼の立場から、母を説得するためにそう言ったのだろうけど、楽器との出会いは縁だと聞いて、より使いたくなったのは私のほうだった。

「そうは言っても、御好意に甘えられるようなものではありません。練習しない子にそんな高価なものは必要ないって言ってるの」

「練習なら今日からする。お願いっ」

「お願いって言われてもねぇ……」

困惑する母の代わりに、お願いを聞き入れてくれたのは清原さんだった。

「ただ、ヴァイオリンの使用にあたって、保険に入っていただけますか？　月々の保険料を村上さんに払っていただければ、当店としても大変ありがたいのですが……。あすかちゃんが大人になったら、そのときは自分で買ってくださいね」

「はい、きっと」

母は冷や冷やしていたようだけれど、うって変わって清原さんはにこにこしていた。

「本音を言えば、このヴァイオリンを持つのにふさわしい人はあすかちゃん以外にいるかもしれない。けれどもこんなに気に入っているんだから、これも何かの縁なのでしょう。あすかちゃん、それはとてもいいヴァイオリンなので、よく弾き込んであげてくださいよ。そうするともっとよく鳴るようになりますから、大切にしてください」

値がつけられないようなヴァイオリンを借りてしまった後ろめたさからなのか、レッスンには以前より熱心になったけれど、やはり自由に弾いていたい気持ちの方がまだまだ強かった。

3

「あすか、東京へ行かない？」

母が再び私にそう持ちかけたのは、新しいヴァイオリンに出会ってから半年後、十二月に入ってすぐのことだった。

朝食のカフェオレに口をつけながら、訝《いぶか》しそうに母を見る。学校へ行く前の時間に母が持ちかける話は、だいたいが楽しい話じゃなかった。

「東京？」

もちろん、観光とか観劇とかいう理由から言っているのではないことは分かっている。

「東京にはいい大学があること、あすかも知っているでしょう？　医学部を受験するなら、今から大学の下見に行っておいて損はないと思うの」

「お母さん、あたしは医者になるなんて一言も言ってない」

朝食時に難しい話をされて、一気に食欲が失《う》せてしまった。

食べかけの食パンをお皿に置いて、深いため息を吐く。

「あなた、まだヴァイオリンで生計を立てたいなんて考えてるの？　いい？　日本でプロの音楽家になれる人なんて、滅多にいやしないの。プロとは名ばかりで収入を得られない人もいるのよ。そんな厳しい世界で、あなたみたいに『得意なヴァイオリンでなにかできたらいいいな』って程度の人が生き残れるわけがないでしょう」

「分かってるよっ」

言いたいことはあるのにうまく言葉にできなくて、反抗の言葉を口にしてしまう。

ヴァイオリンを新しくしてからというもの、練習量もグンと増えた。すると、ヴァイオリンと前向きに向き合えば向き合うほど乗り越えなければいけない課題が出てきて、どれもが順調にいくわけではないことが分かる。

プロになりたいと思えば思うほど、私程度の技量ではプロにはなれないんじゃないかという不安に押しつぶされそうになるから、それで余計にヴァイオリンに携わる何かがしたいと、目標をあいまいにして逃げてしまっている。

母が言うようにプロのソリストへの道は楽ではないと、私自身が一番感じていることだった。

「だいたい、医者だってなれるかどうか分からないじゃない」

吐き出すようにそう言うと、椅子から立ち上がった。

「あすか、まだご飯途中でしょう？」

「いらないっ。ご馳走《ちそう》さま！」

自室に戻ると鞄《かばん》を摑《つか》んで玄関を出る。背中に母の声が追いかけてきたけど、振り切るようにして学校に向かった。

ここ数日、自分はヴァイオリンの才能がないんじゃないかとずっと考えている。

確かにヴァイオリンを新しくした半年前は順調に練習が進んでいて、これを機に練習曲も新しいものが与えられていた。

今度の練習曲は、タルティーニ作曲クライスラー編曲『コレルリの主題による変奏曲』とシューベルトの『アヴェ・マリア』の二曲で、はじめは簡単そうだしよく聞く曲だから、すぐできるだろうと思っていたのに、コレルリでかなり手こずってしまっている。

三音を同時に弾く三重和音の連発、アレグロの超速度曲譜、トリルなどがちりばめられていて、熱心に練習してもなかなかものにすることができなかった。そしてその分、同時進行の『アヴェ・マリア』に手がつけられなくて、最近は何も進んでいない。『アヴェ・マリア』も途中からオクターブ和音が入るのに、左指が思うように開いてくれなかった。

ゆっくりと音程を確かめながら弾いてみるものの、日本の笙《しょう》の笛だかイギリスのバグパイプのような音になってしまって、長く練習する気にはなれない。

そうなると『アヴェ・マリア』はできないものだと決めつけて、ほとんど練習不足の状態で毎回先生のレッスンに臨むことになる。

いつまでも私の腕が上達しないため、気の長い先生ですら耳をふさいでは「もうやめて」と言い出す始末だった。

「もういいわ、あすかちゃん」

と、先生は肩を落として諦《あきら》めたように言った。

「オクターブの和音を奏でるのは一回だけにして、あとはその上の音だけを拾って弾いていったらどう？　それならできるでしょう」

「はい、そうします」

それなのに、その単音ですらいい音が出せなくて、どっちにしても練習する気持ちをますます失っていった。

このままじゃいけないのは分かっている。

コレルリをマスターすれば『アヴェ・マリア』に専念できるという考え方もあるけれど、コレルリが終わったとしても、なんとなくこのままやらずに済ませてしまいそうな気もした。

これが教則本にある曲であれば、やらなければいけないという気持ちが働くけれど、『アヴェ・マリア』は教則本外の曲だ。曲としては嫌いではないけれど、私の中ではとっつきにくい厄介な曲というレッテルが貼られてしまっている。

やる気が増したからこそ、自分ができないと分かるのは歯がゆいし怖い。

母は単純に練習時間を多くすればプロになれると思っているようだけれど、ヴァイオリンの練習量を多くしたからといってその曲への理解が深まるわけではないし、必ずしも上達するとは限らない。

一時は天才と言われた私が天才ではなく普通の人だと分かったら、母はどれだけがっかりするだろう。こんなに私に期待を寄せてくれている母を裏切ることが怖い。


「あすか、待ってー」

背後に知った声を聞いて、足を止めた。

振り返ると、冬も本番だというのに制服のスカートを短くした亜由美が駆け寄ってくるところだった。

「おはよう、あすか。珍しく今日は早いんだね」

亜由美が隣に並ぶのを待って、また歩き出す。

「うん、お母さんがうるさいから、ちょっと早めに出てきた」

「えぇっ、また喧嘩《けんか》？」

亜由美はあきれたように言った。

「だって、人の気も知らないで、ガミガミうるさいんだもん」

朝のいきさつを簡単に亜由美に伝えたら、私がしゃべっている間ずっと亜由美は隣でうなずいてくれていた。

余計なことは何も言わず、ただ黙って話を聞いてくれることで、イライラしていた気持ちがちょっとだけ落ち着いた。

「そういえば、最近あすかうちに逃げ込んで来ないね」

「うん、そんな時間もないんだ。練習しなきゃいけないからね」

「ええー、あすかの口から練習なんて言葉が出てくるなんて！」

亜由美は茶化すように、けれども本気で驚いたように言った。

「今までさぼってた分やらなきゃね。それでもまだ練習量は全然足りないんだけど」

「てことは、結構本気なんだ？　あすかのパパと同じ、医者の道は？」

「うーん、あたしが医者もいいなって思っていたのは、お父さんの話の中に『アドレナリン』とか『ドーパミン』だとかいう言葉が出てきて、かっこいいなぁ、あたしもそういう言葉が分かって一緒にしゃべりたいなぁって思ったからなんだよね。でも、よく考えてみたらあたし勉強が好きなわけじゃないし、十時間勉強しているより十時間レッスンしているほうが向いているなぁとは思うんだけど……」

「そしたら、ヴァイオリニストになるのかぁ」

「うーん、ソリストは難しいかなぁ」

好きだからなれるものでも、努力したらなれるものでもないものには、どうしたらなれるのだろう。

私なりに考えているけれど、十四歳の子供にはまだまだ難しい問題だった。

4

学校から帰ると、清原さんが家に来ていた。

毎年、梅雨の時季と十二月にヴァイオリンのメンテナンスをお願いしているので、そのために寄ったらしい。

いつもは違う修理の人を寄越《よこ》していたようだけれど、清原さんは私のヴァイオリンのことが気がかりで、自らやってきたのだと教えてくれた。

「どうやら、練習がうまくいっていないようだね」

清原さんはヴァイオリンを観察するように隅々まで見た。

「ええっ、なんで分かるの？」

「ほら、松脂《まつやに》の粉がずいぶん指板の上のほうまでついているから、たぶん和音を弾く時に弓が流れているんだと思うよ」

「わぁ、先生と同じことを言うんだ。コレルリの三重音連続のところで弓が流れようとするから、もっと短く跳ねるように弾きなさいって言われて、前よりちょっとはマシになってるんだけど……」

私の話を聞いて、清原さんはうんうんうなずいていた。

「ねえ、先生が言ってたけど、清原さんはあたしくらいの年の時に天才って呼ばれてたんでしょう？　どうしてプロにならなかったの？」

「どうして、か。理由は一つじゃないけど、一番大きいのが経済的なことかな。あすかちゃんの年齢になればもう分かってくる頃だと思うけど、プロになるにはそれなりの出費があるからね。地方の小さな楽器店を経営している身では、親がその壁を乗り越えられなかったんだよ」

「親……」

「その点、あすかちゃんのおうちは経済的にも余裕があるし、お母さんが熱心だから、あすかちゃんがプロになりたいと考えているんだったら、とても恵まれた環境ではあると思うよ」

ヴァイオリンを弾くのに恵まれた環境とそうでない環境があるなんてこと、今まで考えたこともなかった。母からは練習練習と言われるけど、そのレッスン代だってタダではないのだ。

ヴァイオリンを弾きたくても弾けない子がいるってことに、私は初めて気がついた。

「でもね、清原さん。プロになる環境が整っていても、本人に才能がなければプロにはなれないでしょう？　今だって練習曲が二つあるのに、『コレルリ』で手こずっているから、もう一曲の『アヴェ・マリア』が全然進んでいなくて……」

「えっ、『アヴェ・マリア』を練習しているのっ」

「なに。どうしたの？　清原さん」

あまりに清原さんが驚くものだから、私は話の続きをやめて彼を見た。

「そっか、『アヴェ・マリア』をやってるのか……」

そのつぶやきは私にではなく、自分自身へのもののようだった。

「このヴァイオリンを持っていた人はね、あすかちゃんと同じ年のハンナ・ヤンセンって子だったんだよ。シューベルトの『アヴェ・マリア』を一生懸命に弾いていた子で、そのせいでヴァイオリンには〝アヴェ・マリア・ヴァイオリン〟なんていう俗称がついていてね」

「あたしと同じ年？」

「詳細はまだよく分かってないんだけど、アウシュヴィッツの生存者で、このヴァイオリンも収容所の前に広がるポピーの野にあったみたいだね」

「清原さん、アウシュヴィッツってなんだっけ？」

「えっ、あすかちゃん、アウシュヴィッツ知らないの？　『アンネの日記』とか読んだことない？」

「あ、『アンネの日記』ね……」

小学生の時に子供用のものを読んだことがあるけれど、ナチスを恐れて隠し部屋に住んでいた人というくらいの認識しかない。

結局アンネはナチスに見つかって、収容所に送られてしまったんだっけ。それはアンネたち一家がユダヤ人だからという理由だったけれど、どうしてユダヤ人が迫害されなければならなかったんだろうと今になって気づいた。

よその国のこととはいえ、歴史を知らない自分が恥ずかしかった。

「ヴァイオリンは捨てられていたのかな。ハンナさんはどうしてヴァイオリンを手放しちゃったんだろう……」

「あすかちゃん、興味ある？」

「えっ、もちろん。だって、このヴァイオリンの持ち主だった人のことでしょう？『アヴェ・マリア』が好きで、あたしと同じ年だった女の子のこと、知りたくないわけはない」

「そうか……」

前の持ち主が私と同じ年齢だったということだけで、ヴァイオリンに運命のようなものを感じる。

「実はね、このヴァイオリンを仕入れた時に聞いた話では、アウシュヴィッツ近くの個人博物館に〝アヴェ・マリア・ヴァイオリン〟という名前で飾られていたようで、どういういきさつでこのヴァイオリンが博物館にやってきたのか、今の館長が話を聞く前に先代が亡くなってしまったんだって」

「それじゃあもう、分からないんだ」

「うん、それなんだけどね、ぼくもこのヴァイオリンの来歴が気になって調べているところで、もしかしたらハンナさんと一緒にチェロを弾いていた人と会えるかもしれないんだ」

「うそっ！」

清原さんはこの〝アヴェ・マリア・ヴァイオリン〟のことが気になって、インターネットでドイツ観光局を調べたり、ポーランドのラジオ局に電話をして、電話越しにラジオ番組に出演させてもらったようで、アウシュヴィッツ強制収容所前のポピーの野にあったヴァイオリンの話とハンナ・ヤンセンの名を語ったところ、後になってポーランドのクロスウェイズ村に住むカルザスという名前の男性から連絡があったそうだ。

「実はね、その人が近々『第九』の指導に日本に来るから、時間を作って話を聞いてくれるって言ってくださってるんだ」

「ええっ、すごいっ！　いいなぁ、清原さん」

「お母さんがいいって言ったらあすかちゃんも連れて行ってあげるよ。そのほうがきっとカルザスさんも喜ぶだろうし」

「やったぁ」

嬉《うれ》しくなった私は、すぐさま部屋を出ると、夕食の支度をしていた母のもとへ行って、今のいきさつをいっさい話した。

母は驚いていたけれど、数奇な運命を生き抜いたアウシュヴィッツ生存者からの話を聞いて何かを得ることは、勉強をするより百倍大切なことだと快く了承してくれた。もしかしたら母も、このヴァイオリンの持ち主だったハンナのことが気になって仕方なかったのかもしれない。

元の持ち主に対する単純な興味が、私の人生を大きく変えるきっかけになるとは、このときはまだ思いもよらなかった。

5

カルザスさんと会ったのは、それから一週間後の雪の日のことだった。

毎年十二月になると、有名オーケストラから地域の小さな楽団までがベートーベンの『交響曲第九番』を演奏するようになる。日本人にもなじみのある曲で『第九』として親しまれているこの曲の指導者としてカルザスさんは来日するようで、彼のスケジュールに合わせて大阪に向かうことになった。

清原さんと母と私は、雪の降りしきる中、リハーサルをしているという大阪のホールを訪れた。

明日《あした》の本番を控えて、会場では慌ただしく人々が動き回っている。親子にしては奇妙な組み合わせの私たちに目を惹《ひ》かれるのか、みんな一様にこちらをチラチラと見ながらも忙《せわ》しそうに足早に通り過ぎていった。

その中に一人だけ、私たちを見つけると走り寄ってくる男性がいた。

その彼は、清原さんの方へ来るとなにやら話をしだし、私たちをすぐ右横の関係者控え室に案内した。

「どうぞ、入ってください」

通されたのは十畳ほどの広さの部屋だった。

私たちは緊張しながら静かに室内に入ると、奥にいた白髪の老人がこちらを振り返った。

彼が、例のカルザスさんに違いない。

彼はベージュの品のいい背広にワイン色のスカーフをネクタイのようにあしらっていて、九十歳近いと聞いていたけれど、かくしゃくとした紳士に見えた。

私たちを心待ちにしていてくれたのか、席を立つと清原さんと母、そして私という順に軽く抱擁し、少し震える両手で私の手を取った。老人の手はかたくふしくれだっていて、とても楽器を扱う人の手ではないようで少し怖い。

そんな感想を抱いている私に、彼はドイツ語でもポーランド語でもなく英語でしゃべりかけてきた。

「アイアム、ポール・カルザス」

その後に私たちを歓迎するような言葉を告げたようだった。

英語もドイツ語もしゃべれるという清原さんは、英語で自身と私たちを紹介してくれるのが分かる。

「お会いできて嬉しいです」

日本語でそう言うと、意味が通じたのかカルザスさんはにこりと笑った。

「カルザスさん、〝アヴェ・マリア・ヴァイオリン〟を持ってきました」

私は背中に担いでいたヴァイオリンを下ろして、ワインレッドの真新しいカバーを開けた。

「これで間違いないですか？」

清原さんは訊《たず》ねながらカルザスさんに渡した。

カルザスさんは手に取って両面を眺めた。白くて長い眉毛《まゆげ》の奥は細くなり、濁った瞳《ひとみ》にはさも懐かしそうな色が浮かぶ。

『ハンナ、やっと会えたね……』

カルザスさんは、老人独特の嗄《しわが》れた声を震わせながらヴァイオリンに語りかけた。

『博物館から見えなくなったからどうしたんだと思ったよ。幸せになれたかい？　君とそっくりなかわいい女の子が持っているんだよ』

カルザスさんの視線の向こうに、私と同じくらいの少女の姿が見えた気がした。

カルザスさんはヴァイオリンに話しかけているのではない。ヴァイオリンを通してハンナに話しかけているようだった。


『これはハンナの持っていた〝アヴェ・マリア・ヴァイオリン〟に間違いありません。彼女が亡くなって、僕は歴史をみなさんに忘れてもらいたくなくてアウシュヴィッツ博物館に持って行ったのですが、いつの間にかアウシュヴィッツの野に捨てられていたかのような噂が広がっていたのです。そのヴァイオリンが、どうして？』

「それは、イギリスのオークションに出品されていたのです」

清原さんが短く言うと、カルザスさんはすべてを理解したように一つ大きくうなずいた。

『オークションにかけられる理由があったんだろうが、どちらにせよ〝アヴェ・マリア・ヴァイオリン〟の運命だ。しかも日本の少女のところでよかった。日本人は物を大切にしてくれるからね。アスカ、君は何歳だい？』

英語で年齢を聞かれていることが分かったので、私は「フォーティーン」と答えた。

それを聞いてカルザスさんは、「おお」と天を仰ぐようにして喜んだ。

『不思議なもんだ。ハンナと同じ年齢じゃないか。ハンナもそうやってヴァイオリンを背中に担いでいたんだよ。君と同じだ。まったく同じだ。神が〝アヴェ・マリア・ヴァイオリン〟を君のところにうまく運んだんだ。なんてすばらしいことだろう……。アスカ、なにか弾いてくれないだろうか』

「じゃあ、シューベルトの『アヴェ・マリア』を少し……」

こういった状況になったからといって、ヴァイオリンの腕が急に上がるわけではない。もしかしたら『アヴェ・マリア』だけは弾かされるかもと思って練習をしておいたけれど、出来栄えは相変わらずで、自分が上手にヴァイオリンを弾けないことが悔やまれて仕方がなかった。

耳を塞《ふさ》ぎたくなるような曲を弾いてカルザスさんをがっかりさせたくなかったので、和音で弾かなければいけないところも無難に単音で弾くことにする。

『……この音だ』

演奏中は目を閉じて演奏に聴き入っていたカルザスさんだったけれど、演奏が終わると耳の奥に残った音色を味わうようにゆっくり瞼《まぶた》を開いた。見るとカルザスさんは目の縁を赤くしているのが分かる。

『うまく弾けたね、アスカ。ハンナと同じくらいうまいよ。アスカ、君はまるでハンナの生まれかわりのようだ』

もちろん、カルザスさんが私のことを大袈裟《おおげさ》に賞賛していることくらい私にも分かる。けれども、あのひどい出来の『アヴェ・マリア』を褒められて、心の底から申し訳ない気分になった。

後悔先に立たずとは言うけれど、普段からもっと練習しておけばよかった。私の拙《つたな》いヴァイオリンをこんなに喜んでもらえるなら、もっといい演奏をしてあげられたらよかったのに。

6

ヴァイオリンを弾き終わると、スタッフの一人が大人にコーヒーを、私にココアを運んできてくれた。

カルザスさんは椅子に深く腰をかけ直すと、ゆっくり味わうようにしてコーヒーを口に含む。

『さて、何から話そうか……』

部屋には強い暖房が入れられていたけれど、その暖かさを感じないほど緊張した空気が流れ、清原さんと母と私の三人は、老人の言葉を固唾《かたず》をのんで待った。静かな部屋に、雪のかたまりが地面に落ちる音だけがザザッと響いて、なぜか不安になる。

カルザスさんは温かな湯気のたつコーヒーを一口含みながら、静かな口調で話し始めた。

『こんな寒い日に、温かなコーヒーを飲めることが、もう当たり前の生活になってしまっているなんて信じられないな……。きみは、こういった生活が特別だと思ったことなどないだろう？　ミスターキヨハラ』

清原さんはうなずくこともせず、ただ、体を硬くしたままでいた。

『アスカ、これから話をすることは、君にはあまりに衝撃的であり、ひょっとすると想像ができないことかもしれない』

カルザスさんは私に向き直り、少し前までの慈愛に満ちた眼差《まなざ》しとは違った厳しい視線を私に向けた。

『君は、きっと生まれた時から何不自由なく暮らしているだろうから、今の自分が幸せであることすら感じなくなってるんじゃないかね。今日の話を直接僕から聞くということは、君の生涯にもっと幸せをもたらしてくれるだろう。本当の幸せを少なからずとも分かってくれるだろうからね。……君は学校で歴史を勉強したかい？』

カルザスさんがゆっくり言葉を選んでくれるおかげで、話していることの意味はほとんど分かった。ただ、英語でなんて答えたらいいのか分からず「イエス」とだけ言う。

『……そうか』

老人は窓の外に降る雪を眺めた。

『歴史を勉強しない子はいけない。しかし、知っているだけじゃあだめだ。何年に何が起こったかなんて年表を覚えても、それは歴史を知ったことにはならない。史実に基づき、自分の頭でいろいろなことを考え、感じることが勉強なんだよ。そして、人間にとってこれから先、どう生きていくべきか、幸せとはどんなことなのかを追究し、世界に目を開き、きちんとした自分の意見を持つことが歴史を学ぶことの意味なんだ』

カルザスさんはコーヒーをテーブルに置き、こちらを向いた。

『……そうだな、君の持っている〝アヴェ・マリア・ヴァイオリン〟を、君と同じようにハンナも背中に担いでいた』

目を細め、私の全身を眺めるように見ると、老人は感慨深げに深く息をついた。

『君は素敵な黒髪をしているが、ハンナはフランス人形のような金髪の女の子だった。目は澄んだ深い青色をしていた。その目の色と〝アヴェ・マリア・ヴァイオリン〟が、彼女を地獄から救ったんだ。彼女の姉さんも弟も父親も母親も、おじいさんもおばあさんもみんな殺されてしまった。君たちは地獄を見ることも死ぬことも自分だけは関係ないと思っているだろう。そんな君たちにどうあの当時のことを表現していったらいいのか……難しいところだ』

カルザスさんは大きなため息をつき、肩をすくめてやれやれというように頭を左右にゆっくりと振った。

『アスカ、君のおじいさんは何歳だい？』

「七十……」

英語の発音が心もとないので、指を七本立てると、カルザスさんは一つうなずいた。

『それじゃあ、ちょうど君のおじいさんが生まれた頃の話だよ。一九三三年の話だ。おじいさんが生まれた頃かぁ、と想像を巡らしてくれ。おじいさんが赤ちゃんで、お母さんのお乳に吸いついている頃を想像してみたまえ』

「やだ、想像したくない」

思わず笑うと、通訳をしながら清原さんも母もつられて笑った。

『ハッハッハッ。そうだ、その調子だよ。おじいさんにはちょっとかわいそうな発言だったが、気持ち悪いって感じるくらいに想像してみることが大切なんだ。それは年表を語呂《ごろ》で覚えることより少し時間がかかるかもしれないが、ずっと自分のためになるし忘れない。自分を構築するもとになるんだよ』

「構築？　どうして自分を構築しなくちゃいけないのですか？」

英語が少し難しくなってくると、清原さんが通訳の代わりになって話を進めてくれた。

『とても大切な質問だね。君は幸せに生きているだろう。人間は幸せに生きる権利があるんだ。アスカもアスカのお母さんも、キヨハラも、もちろん僕もだ。しかし、幸せに生きる権利を持っていたって、実際は幸せな人もいれば不幸な人もいる。一杯のコーヒーに感謝して幸せに思える人がいれば、コーヒーが飲めることとなんてあたりまえだと思っている人もいる。どっちが幸せな人かと聞かれたら、アスカはなんて答える？』

「一杯のコーヒーに感謝する方？」

『ああ、そうだね』

私の答えに満足したのか、カルザスさんは目を細める。

『あたりまえだと思う人は、生活が豊かなことは確かだ。しかし、この一杯のコーヒーがおいしい、嬉《うれ》しいと思える人だって、生活が豊かじゃなくても幸せだってこともある。自分を構築するというのは、自分の感性を豊かにして幸せを感じる心を育てるということなんだよ。幸せになって、その幸せを人にわけてあげられる人間になるということだ。そうなるには、ぼうっとしてはダメだ。いろいろなことを勉強して、頭の運動、心の運動をすることが君たちの義務なんだよ』

私たち三人は、この一人の老人の話に、いつしか我を忘れてしまうほどのめり込んでいった。

7

「……それで、ハンナさんはどうなったの？」

『そうだったな。一九三三年の冬、ちょうど今日のような寒い日のことだった。議会第一党にナチス党があって、その党首のヒトラーが首相に任命されてしまったのが地獄への入り口だったわけさ』

「日本でいうと、国会の一番大きな党の代表が総理大臣に選ばれるのと同じってことね」

カルザスさんと会えると聞いてから『アンネの日記』を読み返した。

子供用に書き直されたものではなく、ちゃんとした大人用のものだ。特に外国の歴史的な話はその国に住んでいないこともあって、正確に理解するのは難しいけれど、カルザスさんが教えてくれたように、少しはその立場の人になって想像することができたり、自分と置き換えて考えられるくらいには理解できていると思う。

『その通りだよ、アスカ。政治は恐ろしいものだ。国を動かすのがどの党でもかまわないなんてことはないんだよ』

カルザスさんは少し遠い目をして、ハンナが出会った運命について語ってくれた。

『――それから本当にすぐに、ナチスによるユダヤ人の迫害が始まった。ユダヤ人だけでなく、ポーランド人もソ連人も多くの人が大変な時代を送ったんだ。ハンナは遊び盛りの頃から、外で遊ぶことも腹いっぱいご飯を食べることもできずに育った』

「貧しかったの？」

『いや、ハンナの家は生活用品を売る店だったため、決して貧乏じゃなかった。それどころか、真面目なご両親なので仕事はいたってうまくいっていたそうだ。母親は学校の先生をしていたのだが、おばあさんの足が悪くなって車いす生活になったために、教員をやめて店を手伝うことになった。教員だったからか、多少ピアノが弾けたそうで、日曜日になると近所の子供たちにピアノを教えていたんだ。ハンナには九歳年下の弟がいたが、かわいそうに地上の光をあまり見たことがなかったんじゃないかと思う』

ハンナは幼いころからヴァイオリンを習っていたとカルザスさんは続けた。

ヴァイオリンで習ったポルカやワルツを弾きながら、通りをくるくる舞うように帰ってくる姿を、近所の人たちは優しく見守っていたに違いなかった——。

第二章　ヤンセン一家

1

「ハンナ、今日はなにを習ってきたんだい？」

「今晩うちのじいさんの誕生日だから、一曲弾きに来ておくれ」

ハンナが通りを歩くと声がかかる。

ハンナは子供のくせに一人前のヴァイオリニストを気取って、お呼びがかかれば出前演奏をやっていた。それが糧《かて》になったのか、レパートリーも増え、近所ではなかなかの腕前と評判な子供だった。

ハンナの姉のニーナは病弱で、右足が少し悪かった。そんなニーナをハンナはいつも気にかけて手を引いてあげるような、姉想いのところがあった。

また、ニーナも寒くなるとハンナの手袋やマフラーを手作りしてあげるような、妹想いの優しい姉だった。

特にハンナはいつもコロコロと笑い声の絶えない子だったために、近所の人たちにとてもかわいがられていて、内気なニーナにはそういう社交的なハンナが自慢でもあったようだ。

そんな毎日が続いていたので、きっと明日《あした》も同じように太陽が東から昇るのだろうと誰もが疑うことなどなかった。

一九三三年のその日が来るまでは。

ある日、突然その地獄が始まった。ユダヤ人は夜に外出することを禁止され、ラジオを持ってはいけないという禁止令も出たために、ゲシュタポ（ナチ国家秘密警察）が突然夕食時にやってきてはラジオを壊したり、人員を確かめたりするようになった。家族の一人でもいないと、トイレや浴室まで勝手に探し、用足しの途中であっても引きずり出されて、人員が確かめられるまで直立不動を強いられた。

医者や弁護士は仕事を取り上げられ、早々に国外脱出をした人もいた。

また、昼間に外出しても、ユダヤ人はそれと判別できるよう胸に星のマークをつけていなければならなかったため、一般ドイツ人の中でも心無い人たちから石をぶつけられたり、つばを吐きかけられたりしておちおち外出もできなくなってしまっていた。

そんな生活におびえながらも、なんとかハンナ一家は店を中心に日常を送っていた。

ところが、ハンナが十一歳の時のこと。

ハンナの両親がやっている店や、近くの教会堂にゲシュタポがやってくるや否や、ショーウィンドウのガラスや、教会のステンドグラスなども粉々に割られてしまった。

ハンナの父は逃げるよう母親に命令したが、母親と一緒にいた長女のニーナは不自由な体で、店の物を少しでも運び出そうと商品を両手につかんだ瞬間、ゲシュタポに捕まってしまった。

ゲシュタポは無情にもニーナの額に銃をつきつける。

母親は驚いて娘の体にしがみつき命乞《いのちご》いをしたが、ブーツで思い切り蹴《け》られ、後ろに倒れた。乗馬用のブーツの踵《かかと》にはトゲトゲした小さな滑車のようなものがついていたため、母親の服は破れ、あっという間に血で染まった。

ニーナは起立させられ、店の外に歩いて出るように命令されたが、恐怖のあまり不自由な足はよけいに動かなくなり、右足を引きずるようにしながら店の外に出た。ゲシュタポは、その光景を笑いながら見ていた。

「無用な生き物だな」

ゲシュタポの一人がそう言うと、連れていた二匹の大型犬の鎖をはずした。

もちろん逃げる余裕なんてニーナにはない。

あっという間にニーナの引きずっていた右足は太ももから食いちぎられ、惨憺《さんたん》たる悲鳴が町中に響いた。

もはや父親の力では守ることもできず、父のヤンセンはカウンターの下で耳をふさぎ、そして神に祈った。祈るしかできない自分をふがいないと思いつつも、祈るしかなす術《すべ》はなかったのである。

また、母親はあまりの惨状に気絶してしまって、祈ることすらできなかった。

ニーナは虫の息になっていたが、まだ生きていた。

「おお、かわいそうに。今すぐ手当てをしてやるから、痛むこともなくなるだろうよ」

ゲシュタポは黒い外套《がいとう》のポケットに手をやると、銃を取り出しニーナの胸を撃つ。

情け容赦ないその音は、夕暮れの近所中に響き渡り、人々は言葉を失った。

少女を撃った一発の銃声は、町中の人の心を一瞬にして凍らせてしまったのだ。

人々が恐怖におののいている間、ニーナから流れるおびただしい量の血で、地面は真っ赤に染まっていった。沈みゆく夕日の赤とあいまって、穏やかだった町は、一瞬で狂気の赤に塗り替えられたのだった。

こうしてニーナは小さな町の最初の犠牲者になった。

ゲシュタポが去った後、彼女の母親と父親は、助けられなかった思いと悔しさで気が狂わんばかりの声をあげ、絶命した娘の体に取りすがった。けれども時すでに遅く、ニーナはもう目を開くことはなかった。

その後、町にはゲシュタポの横暴な振る舞いが日常的に繰り返されるようになり、死体は町のあちらこちらで見かけられるようになった。

家族の人数が一人足りないというだけで、皆殺しにあった家すら数えきれない。それらが無造作に道路に捨て置かれたままになったので、死体からはうじが湧き、肉をねずみが食い荒らし、鼻を突くような異臭を放った。

一週間か十日の間に、人が人として住める町ではなくなった。

この頃から殺されなかったユダヤ人やポーランド人は次々に連行され、強制収容所に送られていった。

ヤンセン一家は長女の事件があった十日後の夜、こっそり町を出て隣町へと移ることになった。

手に持てるだけの荷物のみを持ち、目立たないように二人ずつの組になって部屋を出る。最後に車椅子に乗ったおばあさんを押して、父親が部屋を出ようとしたときだ。静まり返った町に、多くのゲシュタポの靴音が鳴り響いたのは。

誰かに密告されたのだろうか、おばあさんはもう逃げられないと悟った。

「私が足手まといになっては、一家を守るお前まで失うことになる。私は覚悟ができている。早く裏戸の方から逃げなさいっ」

娘のニーナを見殺しにしたという思いが強いヤンセンにとって、今度は母を見殺しにしなければならないという決断は、気の狂うようなことだった。

しかし、他の家族を守るためには迷ってはいられない。ヤンセンはおばあさんに今生の別れのキスをすると、荷物の中から旧約聖書を取り出し、皺《しわ》だらけのおばあさんの手に握らせた。

「なにをやってるんだい。ぐずぐずするんじゃないよ、この親不孝者！」

おばあさんは外に聞こえないように、しゃがれた声で叱った。

悪態をつくことでこの場から去り易いようにしてくれているんだということは、もちろんヤンセンにも分かっている。そして、今自分がゲシュタポに捕まれば、先に逃げた家族も犠牲になるだろうということも。

ヤンセンはすべてを振り切るようにその場を発《た》った。

おばあさんは静かに目をつぶって神に祈りを捧《ささ》げたまさにその時、ゲシュタポ二人が商店の入り口を壊し、階段を上がってきた。

「家族はどこへ行ったんだっ！」

おばあさんは目をつぶったまま、微動だにしなかった。心の中で神への祈りを唱え続ける。そうすることで心の平静を保っていた。

「目も耳も悪いのか」

と、仲間のもうひとりに言うと、あれを見ろよ、というようにあごを突き出した。

おばあさんの握った聖書が小刻みに震えていたのだ。

「くそばばあ、かわいそうに捨てられたんだ。わっはっは」

笑いながら、車椅子を後ろからゆっくりと押し始め、階段の踊り場のところで止まるとブーツで車椅子の背を蹴《け》った。おばあさんを乗せた車椅子は勢いよく上に下になりながら階段を転がっていった。

おばあさんは最後まで一言も声を出さなかった。

敬虔《けいけん》なユダヤ教徒であるように、叫び声すらあげずに死んでいった。

おそらく逃げる息子の足を止めてはなるまいと思ったのだろう。自分の任務を全うした立派な老人の最期だったが、重い車椅子の下敷きになった姿を見て、二人のゲシュタポはゲラゲラと腹を抱えて笑った。

2

カルザスはここまで話をすると、冷めたコーヒーを口に運び肩をすくめた。

あすかは何度かユダヤ人迫害の様子をテレビや映画で見たことがあったが、現実にその時代を生きてきた人の話には、映像以上のすごみがあった。

「人の命を虫けらのように弄《もてあそ》んだのですね」

あすかたち三人の心情を代表するように清原が言った。

『虫けら以下さ』

「カルザスさん、どうしてそんな残酷な人がドイツにはいるの？」

『ドイツ人が悪いわけじゃないさ、一人ひとりはとても素晴らしい人たちだよ。大切なことはね、アスカ。普通の人たちでもいったん組織に組み込まれると、残酷なことも平気でできるようになるのが人間ってものだ。そこが神様じゃないところなんだ。でも君たちは違う。僕も違う。僕たちは絶対そうならない』

「どうしてそう言い切れるの？　神様じゃないのに」

『我々には音楽があるからさ。心の中にいつもモーツァルトやシューベルトがいる。

……ほら、目をつぶってごらん。ショパンの『別れの曲』が聞こえてこないかい？ほら……』

あすかはなんとなくカルザスの言わんとすることが分かったような気がした。音を奏でなくても、心の中で音は聞こえている。いっさいの理屈を超えた、大きくて温かい満ち足りた世界の中に漂っているようであった。

それは昔、何度も経験した、母親の腕に包まれて胸の中に体ごとすっぽりと入って安心していたような感じでもあった。

あすかは目をつぶったまま、カルザスの話と清原の通訳を聞いた。

『だから、我々は音楽を練習するんだよ。いやだと思いながら見せかけのことをやっていると、心の中に音楽は響いてこない。毎日練習していると、なにかの時にも神の愛を感じるようになる。そうなると、我々音楽を愛する者は、神の愛を裏切れないのさ。違うかね？』

清原は深くうなずいた。

音楽に携わるということの意味を、かくも的確に教えてもらえたのはありがたかった。他の人からではなく、アウシュヴィッツの生存者から聞く音楽の意味ほど深く理解できるものはない。

『ドイツ人は音楽が好きなんだ。音楽がなければなにも手につかないってくらい、やつらは好きなんだ。だから、ハンナは生きてアウシュヴィッツを出られたんだよ』

「音楽が好きなら、悪人になれないんじゃないの？」

『音楽が好きだというのと、心の中に音楽があるのとは違うんだよ、アスカ。万人が音楽は好きさ。彼らは音楽を支配しているんだ。しかし我々は、音にも命があることを知っている。イライラしながら楽器を弾く音は怒っているし、やさしい心で弾くと音は限りなくやさしい音色になる。目は心の窓というが、音も心の窓なんだよ。傲慢《ごうまん》な心、いやしい心、ねたむ心、すべて音色に出てくるんだ。そういう反省は、常に我々に音色で与えられているんだ。そこが音楽を聴くだけの側と奏でる人の大きな違いさ』

「わかるかい？」と言うようにカルザスはあすかを見た。

それはあすかにも共感できるような話で、返事の代わりに少し微笑む。それを受けてカルザスも口元を緩めた。

『……そうだな。年を取ってポーランドに帰ってきたんだが、その前はアメリカに渡っていてね。その時の『ニューヨークタイムズ』で有名人五人の顔に、日本の音楽教育家が大きく載っていて興味を持ったんだ。それから、カーネギーホールでその人が育てている小さい子供たちのコンサートがあるというので聴きに行ったよ』

五歳くらいの子もいたし、あすかくらいの子もいたとカルザスは続けた。

カルザスの話によると、日本人は可愛らしいから若く見えたのかもしれないが、小さな子供もみんなとても礼儀正しかったようだ。これほどの小さな子供たちがいったいなにを演奏するのかと思いきや、プロの大人が演奏するようなコンツェルトやソナタを弾いてのけたのだという。

その音色のあまりの素晴らしさに心が震えて、カルザスは涙が出て止まらなくなった。子供たちを通じて、カルザスは神の姿を見たのだと感じた。

『彼らはとても幸せで満ち足りた家庭に育ったことが、あの高い能力で分かったよ。音楽がなければ彼らは傲慢《ごうまん》に育ったかもしれないが、音楽を奏でることによって、彼らはまるで天使のような、心豊かな人にすでに成長しているかのように思えたんだ。子供たちを連れてきた先生は、すでにずいぶんお齢《とし》を召していたようだが、足取りもしっかりした紳士だった。夫人は驚いたことにドイツ人だった。……とにかくとても衝撃的だったんで、今でも昨日のことのように覚えているよ』

それは、カルザスが強制収容所を脱出して十年後のことだった。

すべてを忘れるためにカルザスはアメリカへ渡り、生活がやっと落ち着いて、生きる自由を手に入れた頃のことだ。地獄を心の底で引きずっていたカルザスは、この演奏をきっかけに生まれ変わったような気がした。

『日本っていうのは、平和を発信するように神に与えられた国なんだろうかと思ったよ。だから今回も、日本人に会えると知ってじっとしていられなかったんだ。さしずめ僕にとっては、アメリカは平和と自由を信念で勝ち取る父であり、日本は傷を癒《いや》し、優しく抱いてくれる母のような気がしているんだがね』

「カルザスさん、僕はその舞台に立っていたんです！」

清原がそう言うと、カルザスは席を立ち「おおっ」と感嘆の声を上げた。

それから再び肩をすくめると、立ったまま部屋をゆっくり左右に歩きながら、続きを話しはじめた。

3

『ハンナ一家は、隣町の知り合いのドイツ人の家の地下室で一年ほど暮らしたそうだ』

——その家は外装が白く、地下室と地上二階建ての造りだった。

一階は玄関を入ると右手に階段があり、地下室と二階に行くことができたが、地下室への階段は板で覆われ、その上から分厚いじゅうたんが被《かぶ》されていた。

左奥の部屋はダイニングルームになっていて、玄関ホールの正面に出てくることができる。そのダイニングルームの前には広い芝生の庭があり、端のほうにブルーベリーの木が植えられていた。

地下室はダイニングルームの真下で、食卓の下から地下室に出入りできる狭い階段がついていて、地下庫のワインと食料を持ってこられるようになっていた。

たかだか十八平方メートルくらいしかなく、もちろん空気が出入りできる窓もなく、少しかび臭かったが、食卓とその下に敷かれたじゅうたんのため、最も安全な場所でもあった。

そこにハンナの父親、母親、ハンナ、ハンナの弟のアンドリュー、それにおじいさんと五人で暮らしていた。アンドリューはまだ三歳だった。

父親のヤンセンは、おばあさんの最期を見ることも、その後を見に行くこともできずじまいであったが、家族には「逃げ切れなかったために、近くの親切な家にいったん預かってもらった」と言って安心させていた。

おばあさんの運命は一つしかなかったことを知っているヤンセンだけは、親不孝な自分を悔い、娘を守れなかった自分を悔い、忘れようとしても忘れられない光景を振り切ろうとしてアルコールの量が増えていった。


この町の住民はほとんどドイツ人であったため、取り締まりはさほど厳しくなかったが、それでもユダヤ人を匿《かく》まっていないかどうか、月二回ほどの立ち寄り検査があった。

立ち寄り検査のすぐあとは、しばらくゲシュタポが来ないことが分かっていたために、その間子供たち二人はできるだけ窓のある一階でお世話になっていたが、誰かが訪ねてくるとすぐ地下へ戻らなければならなかった。

日中も表通りに面した窓にはカーテンがかけられていたため薄暗く、また、いつもカーテンが閉められていると却《かえ》って怪しまれてしまうため、ゲシュタポのブーツ音がカツカツ聞こえてくると、わざと窓を開けドイツ民謡などを歌ってみせた。

窓を開ける音や、足踏みを二回するなどが〝隠れてしばらく音を出すな〟の合図だった。

ハンナはこのかくれんぼを楽しんでいた。

弟のアンドリューは地上は怖いと感じていたのか、母親のもとから離れようとしなかったため、ハンナが地上にいても大抵地下で遊ぶことの方が多かった。

母親はくる病にでもなりはしないかと気をもんでいたが、それ以上にもし見つかってこの小っちゃい天使を失うことになるほうがもっと怖かったために、地上へ出ることを強制できなかった。

地下には一酸化炭素中毒にならないよう火の気すらなかったので、地上のドイツ人家庭で作ってもらった夕食をいただいていた。

そのため、昼に来客のある日には、当然食事抜きになる。時々そういうことがあって子供がむずかるため、母親は常に自分のパンを三分の一しか食べず、あとは非常食に残しておいた。ワインも一本開けてアルコール分を飛ばし、かたくなったパンを湿らせて、子供たちに食べさせてやった。

世話になっているドイツ人は、クラウス夫人で、ハンナのヴァイオリンの先生だった。

ハンナの町とは二キロしか離れていなかったため、平和な時代はハンナは家からひとりで歩いてクラウス夫人のもとまで練習に通っていた。小さなハンナの足ではずいぶんと時間がかかったが、そのうち学んだ曲を弾き弾きスキップをするように帰ってくるようになった。

その頃からハンナの腕は上達し、次々に曲を覚えるようになる。

クラウス夫人の夫はベルリンのある楽団で指揮者をしていて、ドイツではちょっとした有名人であった。

クラウス夫人はやさしく、明るい性格の人で、その楽団でヴァイオリンを弾いていた時に夫と出会ったのだと、後にハンナはクラウス夫人から聞かされることになるのだが、結婚後は楽団をやめ、家庭で生徒を取って暮らしていた。

クラウスは外国公演も多く、留守になりがちであったためか、夫婦に子供はいなかった。

クラウス夫人にとってハンナは、よく練習をしてくるので、とても可愛がっていた生徒の一人だった。

ハンナがクラウス家に身を寄せることになったのも、ハンナの気の毒な姉さんのことが翌日町中のうわさになって聞こえてきたため、ぜひ来るようにとクラウス夫人から話があったのだ。

父親のヤンセンはクラウス家を巻き添えにはできないからと一度は断ったが、町中の死体と恐怖の中で子供たちを育てる限界を感じたため、また再三の勧めをいただいていたこともあって、身を寄せることに決めたのだ。

ユダヤ人の外出禁止令が出た頃になると、日中もゲシュタポがウロウロしていてユダヤ人を検問したり、「ユダヤ人なんか殺してしまえ」という住民もいて、そういう人たちを避けるため、必要最小限の買い物以外は出歩くことをやめていた。

当然ハンナもレッスンには数か月ほど通っていないが、家の中で母親のピアノに合わせてヴァイオリンを弾いていたので、学んだところまではいつでもきちんと弾くことができた。

クラウス夫人は時々、ハンナの練習の様子を母親から聞いていて、母親に練習する項目を教えた。

トリルの練習、ビブラートの練習、和音の練習、そして今まで学んだ曲を何度も何度も繰り返し練習し、より音楽的に強弱も交えて弾けるように。決してあわてて次の曲も見てみようと思わなくていい。近々、またレッスンできる日も来るだろうからということだった。

ハンナはこの期間復習ばかりでいよいよ飽きていたが、そのことがハンナの腕をますます磨くための大きな基礎になっていった。むしろこの一時期があったからこそ天才的な能力へと開花していったと言えるかもしれない。

クラウス家に来てからは、ゲシュタポが帰ったあと、思い切りヴァイオリンに打ち込めた。

幸いにもクラウス夫人が毎日の専属家庭教師となったからだ。

夫人はいつもハンナを誉めた。ハンナが音程の狂ったような変な音を出しても決して叱らなかった。しかし、変な音に気付かないふりをして弾き通そうとしたときは、ハンナの左指を鉛筆で叩《たた》いた。そして、決まり文句を言う。

「汝《なんじ》、自らを欺くな。良心の声は神の声」

ハンナはこの言葉を何回か言われるうちに心に刻みつけるようになったが、それがトルストイの言葉であることは知らなかった。

夫人はハンナにワーグナーの『タンホイザー』など、ドイツを讃《たた》える曲でドイツ兵の好みそうな曲を練習させた。しかも、暗譜でどこでも弾けるようにかなり厳しくレッスンをした。父親はたまりかねて夫人に問いかけた。

「なぜドイツを讃える曲を弾かなくてはならないのですか？」

「いい、ヤンセンさん。これを弾いている間は絶対に怪しまれないですむんです。ドイツ兵が外でウロウロしていてもおよそ平気よ。それに、この曲はハンナのお守りにもなるわ。もし不幸なことがあっても、ハンナは自分で自分の命を守ることがきっとできる。そうは思えませんか、ヤンセンさん」

深いクラウス夫人の愛情を知り、ヤンセンは恥じた。

「心配なさらないで。ドイツ人は音楽の前では子猫同然よ。きっとうまくいくわ。アンドリューも、もう少しすれば小さいヴァイオリンで練習ができるのだけれど、体が少し小さめだから……。早く大きくなって、一曲でも弾けるようにしておいてやりたいの」

「先生、うちにはお月謝を払うお金もほとんど残ってないし、ハンナの分すら受け取っていただけないばかりか、食事までお世話になりっぱなしで、これ以上は……」

「まあ、ヤンセンさん、つまらない心配をしないで。主人は売れっ子の指揮者よ。お金の心配なんかなにもないの。私がお月謝をほかの生徒さんからいただくのは、そうでもしないと練習をなまけちゃうからよ。あ、それよりヤンセンさん、今月末に主人が帰ってくるわ。その時にどうでしょう。ハンナのホームコンサートを夜やってみましょう。どれくらい上手になったのか聴いていただきたいのです。彼女は天才的よ。主人もこんなご時世でなければとっくにデビューできるほどの腕前なんですけれど。主人も驚くわ。奥様に軽いおつまみを作っていただくのと、ピアノ伴奏をお願いできますかしら？」

ヤンセンは感謝の心を込めて、クラウス夫人の手を取った。

4

ハンナのホームコンサートの当日は、ゲシュタポは三日前に立ち寄ったあとで、朝から穏やかな一日であった。

ハンナの町のことは、その後もいろいろなうわさがクラウス夫人の耳には届いていたが、ヤンセン一家には一切話をしなかった。ヤンセンも悟っているのだろう、あえて聞こうとしなかった。

「私、こうしてお料理しているときが一番幸せなんです。いつも手伝わせてくださって本当にありがとうございます」

ハンナの母親のヤンセン夫人は、リンゴを薄く切ってタルトの中に敷き詰めながら言った。

「なにより気晴らしになります。また、おじいさんも中庭で草を取らせていただいたり、主人もお掃除を手伝わせていただいたりと、退屈しないようにさせていただいてなんてお礼を言ってよいかわかりません」

「いいえ、私こそずっとひとりで淋《さび》しかったから、本当に楽しいの。気になさらないで」

そう言い合っているところに主《あるじ》のクラウスが帰ってきた。

「わあ、すごくいい匂いの我が家だね。ただいま」

その姿を見て、ヤンセン夫人は一瞬あっという顔をした。

夫人の話からクラウスの姿はある程度頭の中で想像していたが、女性の目にも思っていた以上に素敵に見えたからだ。

クラウスは深い青色の目に栗色の少し長い髪をしていた。あごにももみあげから繋《つな》がるひげをはやし、どことなく音楽家のシューマンのような甘い面立ちであり、口元にさわやかな微笑をたたえている人だった。その姿はヒトラーやドイツ軍という男性社会からも好感をもって受け止められた。

「あら、あなたおかえりなさい。なんだか冬眠前のお腹を空《す》かせたクマみたいだこと」

鼻をひくつかせて台所の匂いを嗅《か》ぐクラウスの姿を見て、夫人はころころ笑った。

そんな夫人を見て挨拶《あいさつ》のキスをしようとしたクラウスだったが、妻の手がバターで汚れていると分かると、近寄って頰に軽くキスをした。

「はじめまして、クラウスさん。おかげさまでこの通り、楽しくさせていただいてお礼の言いようもございませんわ」

「やあ、はじめまして。こちらこそ家内のお相手をしてくださって助かってますよ。ご夫人も手が汚れていますね」

そう言うと、クラウスはヤンセン夫人の頰にも軽くキスをした。

「まあ、どうしましょう、このような素敵な紳士のキスをいただけたら、主人がかすんで見えますわ」

「あなた、こんなにおっしゃってもらえるなら、その出っ張り始めたみっともないお腹をどうにかしないとね」

どうだというようにクラウスは思いっきり息を吸い込み腹をへこませようとして、三人で大笑いをした。

夕食は五時からはじまった。

この日ばかりはクラウス夫婦とヤンセン一家全員が一つのテーブルを囲んだ。

夕食はオートミール、チーズ、ビール、ソーセージ、サラダ、パン、ジャーマンポテトと簡素なものであったが、ヤンセン一家にとっては温かい食事とお代わりができるということだけで、天にも昇る心地であった。

クラウスには夫人からの手紙で一家のことが知らされていたため、彼はハンナとアンドリューにチョコレートのおみやげを買ってきていた。アンドリューは怖い人のいる一階だと思っていたのだが、クラウスからチョコレートを手渡されてすっかり恐怖心はなくなっていた。

戦争が始まって以来、クラウスの仕事は増えた。

アメリカなど戦争相手国への演奏活動はなくなったが、その代わりドイツ兵キャンプなどへの近い出張が増え、おかげでドイツ軍の中でクラウスのことはよく知られ、高い評価を受けていた。

「ヒトラー総統がオーストリア併合をした翌日のナチス本部での演奏会のことだった。向かって左側、前列客席前に座っているヴァイオリン奏者がコンサート・マスターっていうんだが、ベートーベンの『運命』の第一フレーズ、ダダダダーンのところでコンサート・マスターの弦が突然切れたんだ。すぐさま後部席から代わりのヴァイオリンが送られてきたのだが、再び四回目のダダダダーンのところでやっぱりコンサート・マスターの弦が切れた。今度は第二ヴァイオリン席後部より代わりのヴァイオリンがすぐさま送られてきた。それを見ていたヒトラーがコンサート・マスターの席に近寄ってなにか耳打ちした。それ以来、弦は切れなかった。……というべきか切れる心配もなかった。どうしてか分かるかね」

「ヴァイオリンがヒトラーを怖がったから？」

アンドリューは小さな両手を十字に重ねて震えてみせた。

怯《おび》えたようなアンドリューを見て、クラウスはビスケットにブルーベリージャムをのせてアンドリューの小さな口に運んでやった。

「そうさ、アンドリューの言うとおりだよ。あとで彼に耳打ちした内容を聞くと、『今度切れたら収容所に送るぞ』と言われたので、絶対切れないように弾く真似をしていたんだ。その日は二度にわたるハプニングで、団員はみんなとてもビブラートが上手だったよ。ハッハッハ」

二年ぶりだろうか、こんな屈託のない食卓を囲んだのは。

ヤンセン一家は、再び笑うこともない地下室へ帰らなければならないため、今だけはみんな腹の底から笑いあった。

アンドリューは物心がついたときには声を潜めるようにしつけられていたため、家族中が大声で笑って食事をするところをはじめて見た。

最初は驚いたように目をぱちくりとさせていたアンドリューだったが、やがて腹を抱える真似をして、ワッハッハと声を上げる。その様子を見て、クラウス夫婦も大笑いをした。意味が分からないだろうに、一生懸命笑って見せるアンドリューがとても愛らしく見えたからであった。


八時ごろになり、ヤンセン夫人とクラウス夫人は、リンゴのタルトと紅茶、フルーツの盛り合わせを取り分けた。久々のデザートがよほど嬉《うれ》しいのか、アンドリューはソファの上でぴょんぴょん飛び跳ねたが、さすがにそれは父に叱られた。

「それじゃあハンナ。君の天才ぶりを私とご家族の人たちに披露してくれたまえ」

クラウスはソファに深々とかけなおした。

彼女はモーツァルトの『ハフナーセレナーデ第四楽章ロンド』、プニャーニの『ラルゴ・エスプレッシーボ』、そしてクラウス夫人とパッフェルベルの『カノン』を弾いた。ヤンセン夫人はピアノ伴奏をしながら娘の成長ぶりに目を見張った。

「最後は……明日《あした》のために、シューベルトの『アヴェ・マリア』を弾きます」

ハンナにはほかの生徒に比べ迫害に遭わなければならなかった分、ロンド曲よりもむしろゆっくりとした感情的な曲の方が合っているように思えた。

彼女の弾く『アヴェ・マリア』は、およそ人の出会うさまざまな感情を限りなく浄化させるような澄んだ音色で、ゆっくりと弾き終えた。

「おおっ。ハンナ。よく弾けた、よく弾けた、また聴かせておくれ」

父親のヤンセンは、溢《あふ》れ出す涙でハンナを抱きしめた。

クラウスはおおいに満足だった。むしろ、楽団の花形スターになるばかりか、世界のトップソリストを目指すことだって可能かもしれないくらいに開花しつつある彼女の腕前を、時代に埋没させなくてはならないことがなんとも口惜しくてならなかった。

「ハンナ、君はとってもすばらしいヴァイオリニストだ。もっともっと勉強をしなくてはいけないことがある。たとえば『アヴェ・マリア』の低音域から徐々に高音へ移る過程において、もっと深く、自分の思いをぶつけるように全弓を使って弾いてごらん」

クラウスは弓の端から端まで使ってヴァイオリンを弾くよう指導をする。

器用な者には小手先の演奏でもそれなりに聴かせることができるが、ハンナにはそういう演奏家になって欲しくなかった。ハンナはクラウスに注意されたことに気を付けて、もう一度十九小節目から二十三小節目まで弾いてみた。

「そうだ。途中で途切れないでスラーを大切に。ビブラートはあまり小刻みにならないよう。さあ、もう一度はじめから弾いてみたまえ。おっと、心を忘れちゃだめだよ。自分の願いをすべてこの曲に託すんだよ」

ハンナは目を閉じた。

母親のピアノ伴奏が静かに始まった。

ハンナは幸せだった平凡な一日を思い浮かべてみる。母と姉の三人でビスケットを焼いた日のこと。弟が生まれた朝のこと。どうぞ、私にとって特別な日はいらないから、平凡な毎日をみんなにお与えください——。

主旋律三回目の繰り返しあたりになると、ハンナはそう願う心から無心になって弾き、そして音が消えていくように終えた。

クラウスはハンナの演奏に手をたたくことも声をかけることもできなかった。目も閉じたままであった。ハンナは心配になって声をかけた。

「クラウスさん？」

クラウスはゆっくりと目を開け、ソファから立つとハンナに近寄り、まだ小さな肩を抱き寄せた。

「君は天才だよ。まるで僕は、たくさんの天使に囲まれて天へ昇っていくような気持ちがした。完璧《かんぺき》だ。僕から教えることは何もない。ハンナ、よく覚えておくんだよ、どんなときでも音を出すときは自分の心のすべてを音に託すんだ。音は人の心を動かすことのできる生き物なんだよ。音の世界は時代も戦争も関係のない、まさに天と神と良心の中にのみ存在しているのだと僕は常々楽団員にも言っている。だから人々は、音楽を愛してやまないんだ。良心の中に生きる者は、より心豊かに。悪人だって本当は心救われたいんだ。君の弾く『アヴェ・マリア』にね」

ハンナはとてもうれしかった。ところが、もっとうれしいことが待ち受けていた。

「ところでハンナ、君のヴァイオリンはもう充分すぎる大きさだ。そろそろフルサイズにしないと指が詰まってしまうぞ」

クラウスはそう言いながら、ソファの下からフルサイズのヴァイオリンケースを引っ張り出してきた。

「さあ、開けてごらん。君へのプレゼントだ」

ヤンセン夫人はびっくりして、これ以上甘えるわけにはいかないからと丁重に断ったが、クラウスは高価なものではないから気にしないようにと左手を振った。ハンナが遠慮をしていたので、クラウスが開けてやった。

「わあ、すごいっ。これ、オールドヴァイオリン？」

ハンナは左手に取って眺めた。

「オールドじゃない。最近のものだが、オールド風に仕上げるには天下一の腕を持っている職人が二年がかりで仕上げたものだ。十七世紀のクレモナ製そっくりだ。しかも、それだけじゃない。表板の隆起具合でまるでアマティーのように甘く柔らかな音がするのに、すこぶるよく響く。そこが気に入って買っておいたやつだ。もちろん家内には内緒でだ」

クラウス夫人は笑いながら「まあ、あなたってば」と言うと、ハンナが持っているヴァイオリンの調弦をしてやった。

「あら、あなた、これは？　ペグに『D・B・L』と彫られているけれど」

「ああ、それはね。このヴァイオリンを作ったポールが彫ったんだ。Das《ダス》 Beste《ベステ》 Leben《レーベン》『最高の人生』っていうことさ」

夫人は納得したようにうなずき、調弦のために音を出す。

「まあぁ……」

「だろ？」

驚く夫人に、クラウスは得意げに言った。

「ハンナ、これで『ラルゴ・エスプレッシーボ』の冒頭を少し弾いてみてちょうだい」

　クラウス夫人はハンナにヴァイオリンを返してやった。

　ハンナはクラウス夫人の言うとおり、七小節目まで弾いてみた。想像を超える素敵な音に、ハンナはこのヴァイオリンがとても気に入った。

「ついでにもう少し先まで弾いてみてちょうだい。私が合図するまで」

　クラウス夫人もすっかり気に入ってしまって、合図を出すことを忘れてしまった。

「ああ、ごめんなさいハンナ。聞き惚《ほ》れてしまったわ」

「クラウスさん、ありがとうございます。私、大切に使います」

　ハンナはヴァイオリンを小脇に抱えて、ぴょこっと膝《ひざ》を曲げて挨拶《あいさつ》をした。

　ハンナのおじいさんは静かにそのやり取りを聞いていたが、初めてクラウス家で口を開いた。

「クラウスさん、孫のために本当によいヴァイオリンを見繕ってくださってありがとうございました。しかし、どうだろう、クラウスさん。ヴァイオリンセット一式甘えるわけにはいかない。私もばあさんも、そしてハンナの親も、ハンナには自分らの力でどうかヴァイオリンを持たせてやりたいのです。せめてヴァイオリンの本体だけでも支払わせてくれませんか」

「お言葉を返すようですが、お金はあなた方が少しでも多く持っておくべきだと思いますが。それに、ユダヤのお金はすでに使用できなくなっている」

　と、クラウスは言った。

「店をやっていたので、お金はすべてドイツマルクに替えることができました。心配いりません。私たちは是非そうしてやりたいのです。私たちの形見として……」

　今度はハンナの父が頼んだ。

「まあ、形見だなんて心配いりませんわ。こうして時を待てば近いうちにきっと元の生活に戻れますわ。だってこんなこと、神様がお許しになるわけありませんもの」

　クラウス夫人が言った。

「ヴァイオリンも高い、弓も高い、それにこの革ケースです。せめてヴァイオリン本体だけでもお願いします。そうじゃないと私たち、かえってここに居づらくなってしまいます」

　と、ハンナの母が言った。

「よくわかりました。ハンナ、このヴァイオリンは御家族みんなの思いが詰まったものだ。ハンナがこの先大きくなって、ひとりで生きていくときもこのヴァイオリンさえ持てば、君はいつだって御家族を思い出すことができるだろう」

「クラウスさん、本当にありがとうございました。ばあさんはどうしているんだか……。今日のハンナを見せてやりたかった……」

「さっ、それではもう遅くなったんで後片付けをさせていただいて、我々はまた地下へ戻らせていただきます」

ヤンセンはおじいさんの言葉をさえぎるようにして言った。

「ヤンセンさん。地下でなにかお困りのことがあったら遠慮なさらないでおっしゃってください。アンドリューちゃんもうちに慣れたら、どうぞお姉さんと一緒に一階へいらっしゃい。ちょうど1／16サイズで先日いらなくなったお子様のものがあるから、アンドリューちゃんもヴァイオリンやってみない？」

「まあ、クラウスさんとてもありがたいことです。お願いします。それに地下の生活は、安心していられますから、不自由なんて思いませんわ」

ヤンセン夫人は言った。

クラウス夫人はピアノの脚のところに置いてあった小さなヴァイオリンケースを開いて、アンドリューの左肩に乗せてやった。

「さあ、しっかりお首で支えるのよ。そう、そのまましっかりよ。それで左手を伸ばしてみて、先のくるくるが握れるかしら？」

アンドリューは外れそうになるヴァイオリンを一生懸命あごと肩で挟みながら左手を恐る恐る伸ばしてみた。

「ぴったりね。さっそく明日《あした》からやってみましょうね。あごと肩で支える練習よ、アンドリュー」

アンドリューはスキップをしながら大喜びだった。今日のホームコンサートのおかげで、一階の恐怖はすっかり忘れてしまったようだ。

「本当になにもかもありがとうございます。あなた方のご親切は我々一生かけてもお返しできないくらいです。どうぞ、クラウスさんに神のご加護がありますように」

おじいさんはユダヤ独特のキッパと呼ばれる帽子を頭から取り、胸につけて深々と頭を下げた。

5

翌日よりアンドリューの練習もはじまった。十日ばかりは安心して一階に来ることができた。

アンドリューはハンナの立ち姿を見ていたためか、ハンナの最初のレッスンの時よりもずっと筋がよかった。四日後には十分もの間ヴァイオリンを固定でき、少々引っ張っても外さなかったため、音出しの練習がはじまった。

「一番細い弦がE線《エー》っていうのよ、さぁ鳴らしてごらんなさい」

アンドリューは上から下へ弓を滑らせてみた。ヒューとかすれた音が出た。

「そう、その調子よアンドリュー。でも、お姉さんの音と違うのよ。ハンナ、E線を鳴らしてみせてやって、ビブラートなしで」

ハンナは今日からフルサイズのヴァイオリンで練習し始めた。3／4サイズに比べひときわ大きな音が出る。

「どう？　アンドリュー」

「ヒューじゃなくて、フーと鳴ってる、先生」

「あはは。そうね、よく違いがわかったわね。アンドリューの音とお姉さんの音と、どちらが素敵かしら」

「そりゃお姉さん」

アンドリューは尊敬するようにハンナを見た。

ハンナは姉であるが、ただ少し先に生まれただけで、姉に憧《あこが》れたり一目置くということは今まで一度もなかった。姉弟《きょうだい》として一緒に育ってきて、今はじめてハンナのことをすごいと思ったのだった。

「それじゃあ、お姉さんと同じ音に弾いてみましょう。アンドリューは弓を弦の上に軽く乗せてるから、ヒューとしか音が出ないのよ。んん……なんて言えばよいのかしらね。それじゃあアンドリュー、一度ヴァイオリンを足元に置いてみて」

ハンナと同じ音を出したいという目標ができたからなのか、アンドリューの目はきらきらと輝き始めた。

「肩の体操をしましょう。上げて、下げて、上げて、下げて、はい、それでもう一度ヴァイオリンを挟んで」

弓の先にブリキの小さな車のおもちゃを輪ゴムでくっつけてやった。

「わぁい」

「これで弓の先が少し重くなったでしょう？　それでもう一度押さえないで弾いてみて。指板と駒の間をまっすぐに弾くのよ。ほら、背筋は曲げない。足はちゃんと開いて。ぐらぐらしちゃだめよ」

今度はヒューという音ではなく、フーという音に近くなった。

「そう、それ。その音を忘れないでね。あなたは天才よ。それじゃあ今日はお姉さんが『きらきら星』を弾くから、アンドリューはA《アー》線やE《エー》線でタカタカタッタとリズムだけ弾いてみてちょうだい。さん、はい」

教えられたとおりアンドリューはタカタカタッタ、タカタカタッタと一生懸命ハンナの演奏についていく。

「うわぁい、弾けた、弾けたよ」

アンドリューはヴァイオリンを左手に持って、ぴょんぴょん跳ねた。


それから一か月もすると、アンドリューは『きらきら星』が弾けるようになった。ヴァイオリンの楽しさを知ると、地下にこもらなくてはならない危険日が近づいてきた一週間ばかりは、アンドリューはとてもつまらなそうだった。

彼にとってはちっちゃなヴァイオリンが唯一のおもちゃであり友達だったからだ。せめて、ヴァイオリンを地下に持っていきたいと駄々をこねてみたのだが、万が一音を出してしまったとすれば、ヤンセン一家はもちろんのこと、クラウスにも命の危険が及ぶためそれだけは聞き入れられることがなかった。

アンドリューは地上階にいけばチョコレートや果物やごほうびももらえることがあって、レッスンが再開できる日を楽しみに待った。ゲシュタポがやってきた気配すら、帰ればレッスンができると分かると、うれしくてならなかった。

しかし、帰ったその日は再度立ち寄ることもあるだろうからと地上階へは出て行けなかった。

実は、アンドリューは赤ちゃんのときからずっと姉さんのヴァイオリンを聴いていたために、天性の音感が育っていたのだ。その証拠に、およそ一回で曲を覚えて楽譜なしで弾けるほどだった。クラウス夫人はハンナに加え、アンドリューという優秀な生徒ができたことで、二人の成長がとても楽しみになった。

さらに三か月後にはゴセックの『ガボット』が弾けるようになり、昔チェロ奏者だったクラウスがチェロを弾き、ハンナとクラウス夫人が第二伴奏を弾くと、アンドリューも充分立派なホームコンサートの一員になることができた。

クラウスは長期休暇を終え、再び演奏旅行へ出かけていった。

6

クラウスが出発して二日後の夕暮れ、玄関先でミーミーと鳴く猫の声がした。

夫人がドアを開けると、やせっぽっちのシャム猫が一匹座っていた。よく見るとヒゲが全部切られたのか短くなっていて、自然と哀愁を誘う。

「おやおや、どこの子かしら。お腹がすいているのね」

そういうと、夫人は猫をかかえて部屋に入れてやった。

ミルクを少し小皿に入れてみると、おいしそうに目を細めながら全部飲み、皿をいつまでも舐《な》めていたので、もう少しミルクを足してやった。それもあっという間に飲み干し、夫人の顔を見て鳴きやもうともしない。仕方がないので台所に行って干し肉をちぎってやってみたら、それもあっという間に食べてしまった。

よほど腹がすいていたのだろう。しばらくすると満足したのか、手を舐《な》めては顔をこするような仕草を繰り返した。夫人は猫を外に出してやったが、猫はなかなか立ち去ろうとしないので、仕方なくしばらく飼うことにした。ちょうどハンナやアンドリューのよい友達になれるかもしれないと思った。

ハンナとアンドリューはいつも午後二時過ぎに地下から上がってくる。

まずはハンナがじゅうたんのたるみから顔を出して、地上の様子を確認するのだが、この日は目の前に猫が座っていた。ハンナはあっと驚き、思わず地下の床に尻《しり》をついた。アンドリューがなにごとかと顔をじゅうたんの隙間から覗《のぞ》かせると、目の前で猫がミャーンと鳴いた。

アンドリューは喜び勇んでじゅうたんを抜け出ると猫をつかまえた。

「姉ちゃん、早く早く、猫をつかまえたよ」

猫を胸と左腕でかかえながら、じゅうたんの下から伸びたハンナの右手を引っ張った。

「アンドリュー、やめて。痛い、痛い」

「早く出てきてよ、早く」

「アンドリューったら、引っ張ると髪の毛がじゅうたんにすれて切れちゃうじゃないの」

ハンナは髪を乱しながら出てきた。ハンナは猫の顔をじっと見て「変なの」と笑った。

「なぜ変なの？」

アンドリューは聞いた。

「だって、ヒゲが切れちゃってる」

アンドリューはしげしげと顔を見て、「本当だ、ヒゲがないや。変なやつ」と言って、ハンナに抱かせてやった。

ハンナは猫の額を撫《な》でながら、居間にいるクラウス夫人のところに走って行った。

「あら、ハンナ、アンドリュー、猫に気づいたのね。少しやせてるけどかわいいでしょう。昨日からあなたたちとお友達になりたくて、うちに居座っているのよ」

「へぇー、先生。この猫なんていう名前？」

「名前は……そうねえ、アンドリューにまかせるわ。名無しのゴンベイよ」

「ちっちゃくて変な顔してるから、チビでいいや」

「じゃあ、アンドリューのおチビちゃんと猫のチビちゃんと二人のチビちゃんね」

と、夫人が言う。

「僕、チビじゃないやい。チビはヒゲがチョビヒゲだからチョビ、それがいいや。チョビだ」


それ以来、アンドリューはヴァイオリンの練習をする以上にチョビを部屋中追いかけ回して遊ぶ方が楽しくなっていった。

クラウス夫人は走るアンドリューを止めたりはしなかった。やっと子供らしさが戻ったからだ。チョビは音感がよいのか、アンドリューの音色が悪ければ耳をぐっと後部に反らせた。アンドリューはそれが面白く、ガーガー耳障りな音をわざと出すように弾いてみる。初めのうち夫人はその様子を見て一緒に笑っていたのだが、四回目になるとさすがに叱った。

「楽器が傷むし、アンドリューのお耳も痛むし、あなたのハートもそんな変な音を平気で受け入れられるような無神経なものになっちゃうのよ。もうやめなさい！」

アンドリューもハンナも、いつの間にか変な生活だが楽しい毎日のひとときがこの先も続くと信じていた。


雪の冬が去り、チューリップも咲き終わろうとしている頃、クラウスが演奏旅行から一時帰ってくることになった知らせを受け、再びホームコンサートでの演奏曲を決めることになった。

クラウスは予定より二日早く帰宅した。

「おおい、帰ったよ」

クラウスは帰宅が早くなったことをびっくりさせてやろうという気もあって、合図もなく入り口の鍵《かぎ》を開けた。

瞬間、扉の隙間からチョビは外へ出て行ってしまった。

クラウスは猫を飼い始めたことなど知らず、また、おみやげの荷物を両手いっぱいに抱えていたので足元のできごとに気づくわけもなく、そのまま台所のほうへ歩いて行った。

夫人は昼食の準備に取りかかっていたが、振り返った途端、台所の端に突っ立っている夫の姿にびっくり仰天して、持っていたお皿を落としそうになった。

「どうなさったの、びっくりしたじゃない」

「驚かせてすまん。予定より早く帰れたんだよ。子供たちは無事かい？」

そう言いながらクラウスは、久し振りの妻の顔に以前と変わったところがないか眺める。

「もちろんですとも。でも、ホームコンサートの計画がまだなの」

夫人は観察されていることに気づき、わざと表情を大きく振る舞っては元気さをアピールした。

「いいさ、いつだって。今度は僕も入ろう」

「あら、あなた。チョビを見かけなかった？」

「チョビってなに？」

その問いに夫人は、ヒゲの切れたシャム猫のことだと説明する。

「あなたが出発した後、我が家の家族になったのよ」

「見かけなかったなぁ……」

「チョビ、チョビちゃぁん、チョビぃ、ミルクよ、チョビぃ……」

夫人が何度名前を呼んでも、猫が返事をすることはなかった。

「困ったわ。アンドリューが泣くわ。きっとあなたが入ってきたとき、出て行ったのかも知れない」

「それじゃあ、ぼくが外を見てこよう」

「お願いするわ。ごめんなさいね、帰ったばかりですのに……」

クラウスは仕方がないというように首をすくめて見せた。

「おじさん！」

ふいにアンドリューが走り寄ってきた。

クラウスはアンドリューのほうを振り返り、「大きくなったなぁ」と感嘆の声を上げながら、アンドリューの小さな体を持ち上げてやった。クラウスに再び会えた喜びと、地上の解放感から、アンドリューはきゃっきゃと声を上げて笑う。

「アンドリュー、合図なしに出てきちゃだめじゃない」

無邪気に喜ぶアンドリューを、夫人は厳しく叱った。

「おじさんの声がしたんで、僕、僕……」

「まぁ、いいじゃないか」

クラウスはアンドリューをかばったが、夫人は承知しなかった。

「いいことありません。アンドリュー、いい。これはね、みんなの命がかかっているのよ。さっさと地下へ帰りなさい」

夫人が叱ることは滅多になかったので、アンドリューはびっくりした。

小さなアンドリューにとって、自分がどれほど危険な状況にあるのか理解できなかったが、なにか悪いことをしてしまったのではないかと青ざめる。

と、入り口の向こうから、かすかに猫の鳴き声がした。

「しーっ」

クラウスは言った。

ところが猫の声はどんどん近づいてくる。何がどうというのではないが、微《かす》かな違和感を感じる。

「アンドリュー、隠れるんだ！　後ろのカーテンの中に、早くっ。絶対動くんじゃないぞっ」

クラウスがそう言った途端、戸が数回せわしなくノックされた。

「ナチ国家秘密警察だ。開けろ」

クラウスは一つ深呼吸すると、ゆっくりとドアを開けた。

「やあ、クラウスさん。これはお宅の猫ですかね」

　そこには制服を着た男が立っていた。

「あ、ああ。今捜しに行こうと思っていたところでした。ありがとうございます」

　左手で首根っこを吊《つ》るされた猫は、その姿勢のままクラウスの右手に移され、後ろの夫人の腕の中に収まった。

「ハイル・ヒトラー！」

　男は忠誠心を強要するよう直立しなおし、左足を右足にバチッと音を立てて打ち付け、右手を挙げて叫んだ。

　クラウスも直立しなおし、同じように唱和した。

「クラウスさん、司令部よりソ連進軍に向けての召集令状が出ました」

　男は令状をクラウスに手渡すやいなや、再び直立しなおして、「ハイル・ヒトラー」と叫んだ。

　と、夫人の腕がふいにゆるんだ拍子に、チョビは夫人からすり抜け、こともあろうにカーテンのところまで走って行って、ほんの二センチ出ているアンドリューの足に体をぶつけながらミャーミャーと鳴きだした。

　夫人はしまったと思ったが、動揺を見せないようにそっと後ずさりをしながら、猫を捕まえに行こうとした。

「クラウス夫人、あなたは誰かを匿《かく》まってはいませんね」

「とんでもございませんわ」

夫人は生きた心地がしなかった。

とっさに出た「とんでも」という声が上ずってなかったかとか、ジェスチャーがオーバーではなかったかとか、頭の中で些細《ささい》なことがグルグルまわった。

ところが、男は戸口より部屋の中へ入ってきてまっすぐに歩くと、夫人を右手で押しのけ無造作にカーテンを左へ引っ張った。

それは本当に一瞬の出来事であり、クラウスには止めるべき手段もなかった。中には、小刻みに震えているアンドリューの姿があった。

「あ、あら、アンドリュー、そんなところにいたのね。かくれんぼはもうおしまいよ」

夫人が機転を利かせて明るい声を出す。そして、思い切ってアンドリューを男の前に引っ張り出した。

「私の生徒のアンドリューよ。アンドリュー、こちらの方にボッケリーニの『メヌエット』を弾いてあげてちょうだい」

「ほう、ヴァイオリンが弾けるのですか。まだ小さいのに」

男は感心したようにアンドリューを見る。男の興味が音楽に移ったようだと分かって、夫人はチャンスだと思った。

「この子は天才よ。是非一曲聴いて帰ってくださいな」

クラウスはチェロを取り出して、アンドリューに明るく声をかける。

「さあ、僕がチェロを弾くから、君は第二ヴァイオリンを。第一ヴァイオリンのアンドリュー、腕の見せどころだぞっ」

アンドリューは、子供ながらもこの一曲が自分の運命を左右することを感じ取った。何が起こっているかまでは理解できないまでも、今自分が置かれた状況がとても恐ろしいことだということだけは分かる。クラウスと夫人が心配そうに見守る中、アンドリューは勇敢にもヴァイオリンを手にした。

男は横のソファに深く座り、テーブルの上に散らばっているチョコレートを一個手の中で弄《もてあそ》んだ。それは今、アンドリューが置かれた状況のようにも思える。今アンドリューがユダヤ人だと知られれば、握りつぶすも食べるも男次第なのだった。

クラウスの指の合図で演奏が始まった。

アンドリューは五歳にしては体が平均より小さかったため、それがかえってよかったのか、堂々とした演奏ぶりは男を十分に驚かせた。弾き終えると、アンドリューはヴァイオリンを左脇に抱えて持ち、ピョコッとお辞儀をした。

「ダンケ。素晴らしい、素晴らしい」

男は天才ヴァイオリニスト、アンドリューに、クラウス夫婦に、それぞれ握手をして何事もなく去って行った。


ドアが閉められると、夫人は恐怖のあまりその場にヘナヘナと座り込んでしまった。

「早く地下へ帰ってちょうだい。アンドリュー」

そう言うのがやっとだった。

しかし、この日の出来事は一時の幸運でしかなかった。落ち着きを取り戻した夫人は、すぐに夫の召集命令を思い出す。

「大変だわ。明日《あした》の夜にはあなた、ここから出発しなくちゃいけないわ。どうすればいいのでしょう」

クラウスは台所で紅茶をいれながら言う。

「平気さ、心配はいらない。どうせ軍隊の楽団配属になるだろうから、今までと大して変わらないよ。僕はこのチェロに感謝しきれないほど、いつだってどこだっていい人生を送らせてもらった。僕のできることは、求める人へ音をプレゼントすることさ。

それで神に祈る代わりに、自分の犯している罪からいっときでも救われるようになるなら、それが自分の大きな務めだ。だから心配いらない」

クラウスは夫人にも紅茶をいれてやり、なぐさめた。

「ええ、あなた。あなたの言う通りよ。あなたはかつて日本の俘虜《ふりょ》になった時も、むしろどんな人より素晴らしい時間を過ごせたのですから。神様はきっと今度もいい人生を与えてくださるわ」

そうは言ったものの、夫人の涙は止まることを知らなかった。

7

翌日、ヤンセン一家はゲシュタポが去った安全日のため、朝からクラウスの送別会準備を手伝っていた。

おじいさんはクラウスの話し相手に、夫人同士は食事の準備、ヤンセンとハンナとアンドリューは部屋の飾りつけを担当した。アンドリューが、椅子に乗って天井に飾りをくっつけようとしている父に色紙の輪を手渡そうとしているところで、ふいに入り口が開いた。

「やぁ、昨日の天才君」

昨日の男が立っていた。

ゲシュタポの黒いロングコート姿に息をすることも忘れ、みんな一斉に作業の手が止まった。とりつくろうようにクラウスは、男のところへ「ハイル・ヒトラー」と右手を挙げながら近づく。

「私の出発は、今日の夕方のはずですが……」

「クラウスさん、実は出発は今すぐです」

「今から私の知人が送別会をしてくれるのですが」

「残念ですが……今すぐにです。それと、昨日はひとつ任務を忘れておりました」

そう言うと、男はアンドリューに歩み寄る。

「君は、隣町のアンドリュー・ヤンセン君だね」

みんなは生唾《なまつば》を飲み込んで、硬直状態になった。

絶体絶命の危機だ。

今目の前にいる男から逃れられようとは、この場にいる誰もが思っていなかった。急に矛先を向けられた小さなアンドリューに助け船を出したくても、誰もその術《すべ》を知らなかったのである。

ヤンセン夫婦は、アンドリューにも理解ができるよう、地下室で隠れて暮らさなくてはいけない意味をきちんと教えておけばよかったと後悔した。クラウス夫人は猫を拾って来なければよかったと後悔した。クラウスは自分の帰宅をちゃんと知らせておかなかったことを後悔した。そして、おじいさんは、無力な自分を悔い、ハンナは唇を嚙《か》んだ。

「君は、アンドリューだね」

もう一度名前を問われると、アンドリューは半べそ顔になり、こくりとうなずいた。男は大声で全員を連行するように外にいる仲間に告げた。外には三台の護送車が待機しており、男の号令一つで中からわらわらと人がやって来る。すべてはゲシュタポの計画通りであった。

ハンナはヴァイオリンを背負っていたが、アンドリューは小さなヴァイオリンを持つ暇もなく、またクラウス夫婦も急な出来事に自分の楽器を持つこともなく、そのまま護送されてしまった。

四時間以上走っただろうか。車が止まると三台の車から各々降ろされ、二家族は再び一団となった。

一九四二年三月二十八日、午後三時四十三分、ダッハウ強制収容所の土を踏んだ。

そこでクラウス夫婦は政治犯の赤色の衣服を、ヤンセン一家には腕に番号を刺青《いれずみ》し、ハンナは左前腕内側に『D15783』と刻印された。

　この先、ハンナは名前で呼ばれることはなく、この番号で識別されるのだった。

8

　取り調べはクラウス夫婦のみ行われた。

　しかし、ユダヤ人を匿《かく》まっていたという現行犯逮捕だったからか、事実確認のみの返答要求以外はなかったが、クラウスはドイツの名誉市民であったため、ベルリンの自宅に帰る許可が出た。

　だが、ヤンセン一家はユダヤ人であったため、有無を言わさずダッハウから遠いポーランドはワルシャワの南西部にあるオシフィエンチム市（アウシュヴィッツと改名）の強制収容所へ移されることになった。

　そこはやがて「ガス室」を備えた絶滅収容所とも呼ばれることになる。

　クラウスは召集命令のことはどうなったのだろうとちらっと思ったが、ヤンセン一家を置いていくわけにもいかないと思った。彼はダッハウ強制収容所の所長に訊《たず》ねた。

「所長、ヤンセン一家はどうされるんですか？」

「アウシュヴィッツ収容所行きだ。君には関係ない、クラウス君。君はヤンセンなんて者は知らなかったんだ」

所長は感情など全くないような平淡な物言いをした。

「妻と共に一度自宅へ帰りますが、僕だけはヤンセンと共にアウシュヴィッツに参ります。彼らだけを見殺しにはできない」

「あなた！」

「君は家で待っていてくれ」

クラウスがアウシュヴィッツ行きを志願したと分かってさすがに所長は驚き、口元に持ってきていた葉巻を置いた。

「本気かね……。君のようなドイツの誇りを失うわけにはいかないのだ。分かってくれ、クラウス君」

「僕がすべて悪いのです。僕はユダヤ人を匿《かく》まいました」

所長は驚いた。

「ほう、君はずいぶん変わり者だ。明日、アウシュヴィッツへ護送する。アウシュヴィッツでは音楽隊が編成される。君はそこで彼らの見張りに楽団長をしてくれ。君はヒトラー総督からの預かり者だ。手荒くはしたくない」

「しかし、僕はチェロを家に置いてきてしまいました」

「自宅からチェロを別輸送しておくから必要あるまい」

そう言うと、クラウスはナチス親衛隊に両腕を挟まれ、ヤンセン一家とは別にゲシュタポの乗る車の後部席に乗せられた。


一方で、ヤンセン一家は護送車から途中でアウシュヴィッツに向かう列車に乗るよう命令された。列車はすでに満杯状態で、ドアを開けると息もできないほどの悪臭が鼻をつき、ヤンセン夫人はドアの外に嘔吐《おうと》した。その時、数名が夫人を押しのけ列車の外へ走り出たが、あっけなくナチス親衛隊の銃弾に倒れた。

ハンナもアンドリューもその一瞬の光景に震えあがった。

「ママ……！」

夫人はアンドリューを抱きしめ目をふさぎ、なんとか列車に乗った。

アンドリューは失禁してしまったが、失禁はアンドリューのみではなかった。どこから護送されてきたのか、車内にも何人か失禁してズボンを濡《ぬ》らしている人がいた。

各車両には用足しのための大きな容器が置かれてあったが、すでに満杯であったり人の山であるためその場で立っているのがやっとで、容器のあるところまで移動できないようだった。

女性は特に人前で用足しができるはずもなく、生理の処理もできず哀れであったが、このような状況下では恥ずかしいなどと言ってはいられなかった。

みんな飲まず食わず、立ちっぱなしで何日か護送されたために疲労の極限を超え、立ったまま絶命している人もいた。人々の下敷きになって絶命している人もいた。しかし、すでに死んでしまった人のことを哀れに思う余裕はなかった。

そして、今、現実に起きていること、そしてこれから起きるかもしれない様々なことを考える余裕もなかった。ヤンセンはハンナとまだ小さいアンドリューが人の波に潰《つぶ》されないように体を張っているのにやっとだった。

第三章　ハンナ

1

一九四一年九月、イーゲーファルベンが開発したチクロンBの効果テストがアウシュヴィッツ強制収容所で九百名のソ連兵捕虜に対して行われた。約十分で全員が死亡することが分かり、ユダヤ人の集団虐殺に使用されることになった。

一九四二年一月二十日ヴァンゼー会議が開かれ、ユダヤ人絶滅政策のもと、ユダヤ人の東部強制移送、労役などが国家・党の意見として合意確認された。

こうして占領地ポーランドにはアウシュヴィッツ＝ビルケナウ、マイダネック等数か所に「絶滅収容所」が建設され、ドイツ本国とヨーロッパ占領地域からユダヤ人が鉄道移送されていった。

ヤンセンもそして車両内の人たちも、どこへ何をするために向かっているのか知るよしもなかった。

ヤンセンはもうろうとした状態となり、子供たちを支える腕も力尽きようとしたとき、どこからか、ヨハン・シュトラウスの『春の声』が聞こえたような気がした。いよいよあの世の空耳かと思った時、ゴトンと音がしたかと思うと同時に前後に大きく揺られ、列車は停止した。

なだれ打つように列車から降りる。

「音楽が聞こえるよ！」

「シュトラウスだわ！」

アンドリューとハンナは音楽が聞こえることに喜んだ。

演奏は大勢の声でかき消されそうになったが、その脇で音楽隊が『春の声』を演奏していた。歓迎の演奏なのかなんなのか理解できなかったが、少しだけホッとしたのは間違いない。希望へと繋《つな》いでくれるような音楽であった。

しかし、それもつかの間の誤解だった。

ホームには指揮官と医師が立っており、人々を一列に並ばせると、一人ひとり年齢と健康か否かを問うた。

「アンドリュー・ヤンセン、五歳」

アンドリューが小さな声で言うと、医師は指先だけを左に向けた。まるで言葉を発するのが面倒だといわんばかりに緩慢な仕草で、指揮官は医師の指示通りアンドリューを左に並べた。

「ファルマン・ヤンセン、七十四歳。高血圧、倦怠感《けんたい》……」

おじいさんが言い終わらないうちに医師は指先を左に向けた。指揮官は大声で「お前も左だっ！」と怒鳴った。左の列に並ぶと、アンドリューと抱き合った。

「ハンナ・ヤンセン、十四歳」

医師は指を右へ傾けた。

ハンナ、父、母は右になり、アンドリューやおじいさんと別れてしまった。

左はどうやら病人および病気を訴えた人、子供、お年寄りであった。彼らはしばらくすると輸送トラックへ積み込まれるようにして消えていき、そのつど幼い子供を取られた母親のかな切り声が聞こえた。それを見たヤンセン夫人は尋常な事態ではなさそうだと感じ、取り乱して指揮官に食ってかかった。

「子供をどこへ連れていくつもり！」

ヤンセンは妻が飛び出しそうな勢いであったので、腕を引っ張った。

「ママ、ママ、ママーっ！　怖いよ、怖いよう！」

「アンドリュー！」

ハンナも力の限り叫んだ。

指揮官は、「子供は保育所で預かる。再び家族が一緒になれる日が来るから、それまでだ」と言う。

おじいさんは夫人を見て、心配いらないと言いたげに大きくうなずいてみせた。

アンドリューはおじいさんの腕にしがみつき、今にも泣き出しそうな顔で母の方を見ていた。アンドリューよりもっと小さな子たちは泣き騒ぎ、赤ちゃんをもぎ取られた婦人は、気が狂わんばかりに地に突っ伏して号泣していた。


何台かの貨物用車が着くと、左側に並んだ者は次々に乗せられていった。まるで荷物を投げ入れるように乗せられる幼子もいて、手際よくその作業が終わると、収容所を囲む鉄線外の第十一ブロックへと運ばれていった。

収容所で何日か過ごした人たち以外は、自分たちがいったいどこへ連れていかれようとしているのか見当もつかなかった。

ただ、風に乗って時折聞こえてくる軽快な音楽は、極度の不安をいささかなりとも希望へと繋《つな》ぐクモの糸のように、搬送されていく人たちの心をこの世に留《とど》めおいていた。

しかし、彼らはやがて三十分もしないうちに、アウシュヴィッツの空の色を塗り込めるような鈍い灰色の煙となっていったのである。

そして、それはあたかも工場のベルトコンベヤーに載せられた一連の過程のように、すべては規則正しく淡々と行われていった。煙が少し弱くなる頃、また次の人たちが到着するために、結局アウシュヴィッツの空が晴れている日はなかった。

2

ヤンセン夫婦とハンナは近日中に再びアンドリューとおじいさんに会えると信じていた。

こうして元気で若い者たちの一群は、点呼の後アウシュヴィッツ＝ビルケナウ強制収容所の門をくぐった。収容所の入り口にはまことしやかに〝労働は自由への道〟と掲げられていたが、労働は死への道ということが分かるまでに、時間はいくらもかからなかった。

二重に張り巡らされた有刺鉄線の中に、二十棟以上の二階建て木造バラックや石造建物が並立していた。

どこに収容されるのかを決められる間に、正装をした囚人オーケストラが収容所の入り口に並び始めた。やがて軽快な音楽、ドイツ歌謡曲などを次々に演奏すると、労働に出かけて精根つき果てた人たちが足を引きずりながら帰ってきた。

門をくぐると同時に倒れ込んでそのまま絶命してしまう人を目の当たりにした新人たちは、やがて来る自分の運命を悟った。

ハンナの母は第五ブロックへ、父は第四ブロックへ連れていかれることになった。

ハンナの番になると、ヒトラー親衛隊側に立っていた一人の女囚人がハンナに声をかけた。

「あなた、ヴァイオリンを背負っているのね？」

「えっ」

ハンナは自分がヴァイオリンを背負っていることをすっかり忘れていた。

また、手荷物はすべて列車から降りるときに一か所にまとめなければいけなかったにもかかわらず、ハンナの背にあるものを誰も下ろせとは言わなかったため、そのまま見過ごされてしまっていた。それはハンナにとって幸運としか言いようがなかった。

「私はアルル・ビゼー。怖がらなくていいわ。同じユダヤ人なの」

綺麗《きれい》な人だとハンナは思った。

ストレートの黒髪に真っ赤な唇が映え、彼女はまるで気高い薔薇《ばら》の一輪のようだった。

美しいからといってうかつに触れると、棘《とげ》で怪我をしてしまいそうなところもよく似ている。自分も囚人だと明かしながら、これほどまで誇り高く堂々としている女性をハンナは初めて見た。

「あなた、ヴァイオリンが弾けるの？　どれくらい？」

アルルが矢継ぎ早に質問を投げかけると、「D157833番は君に任せよう」と、彼女を監視していた親衛隊は言った。

どうやら、アルルだけは番号で呼ばれない立場にいるようだ。

ハンナは後で知ることになるが、彼女はヨーロッパでは非常に有名なヴァイオリニストで、ヒトラーは彼女だけはガス室送りにならないよう追跡させていた。しかし、夫の名前を騙《かた》っていたために、フランスのドランシー収容所からすり抜け、アウシュヴィッツに収容されてしまっていたのだった。

さらにひどいことに、医学的実験のための囚人として、最初は十番実験ブロックに入れられていた。医学的実験の内容はというと、アルルを妊娠させてから胎児を取り出し、その臓器を実験用に使う計画だった。

しかしある日、十番ブロックの女医の誕生日が近くなり、音楽を切望したところ、アルルが名乗りを上げたのであった。

こうして無事に彼女は、女子収容所の音楽隊編成に向けての指導指揮者へ抜擢《ばってき》され、特別な待遇を与えられたところだった。

アルルはどんなにひどい環境下に置かれようとも、肉体と精神が全く別の生き物のようであり、その精神が音楽の世界から下界へ降りてくることは死ぬまでなかった。

ハンナは囚人一行の列から離れ、アルルに連れられて歩き始めた。

「十年近くヴァイオリンをクラウスさんに学びました。ヴィターリの『シャコンヌ』はまだできませんが、それ以外ならおよそのものは練習しました」

とハンナがか細い声で言うと、アルルは天地がひっくり返らんばかりの驚きようで、一段と声を大きくして言った。

「クラウスが先生だったなんて、信じられないわ。やっと私のところにもまともな楽団員が入るわ。あなた、なんて名前？」

「ハンナ・ヤンセン、十四歳です」

「あなた、シューベルトの『アヴェ・マリア』弾ける？　ここのドイツ人たちはみんなそれを聴きたがるのよ。ちょっと道端だけど、今弾いてみて」

ハンナは背負っていたヴァイオリンを取り出して、調弦を済ませた。

どのようなところでも心を入れるように言われたクラウスの言葉をふと思い出しては心を整える。殺伐《さつばつ》とした収容所ではあるが、ヴァイオリンの音が鳴っている間だけは、音の幸福に満たされるよう、音楽の喜びを感じ取れるよう平常心でいなければいけない。『アヴェ・マリア』の持つ静謐《せいひつ》な世界に添えるよう、ハンナは心を込めてヴァイオリンを弾いた。

数フレーズを弾いた途端、アルルは演奏をさえぎった。

「すごい、あなた天才だわ。よくここへ来てくれたものよ。全部聴かなくても、私にはあなたが誰よりも私の右腕になることが分かったわ。親衛隊長、この子は私が全面的に預かるわ」

監視役の親衛隊にもアルルは堂々とした態度でものを言う。

「音楽隊か？」

「ええ、そうよ。確か、特別ブロックに空いている部屋があったわね。彼女はそこの部屋に入れてあげてちょうだい」

「お前、ラッキーだな。生き延びていい演奏を頼むよ」

そう言って安心したのか、隊長は他の用事でその場を離れた。

「あれ、お母さんは？　お母さんがいない。お父さんも！」

急にハンナは自分だけ列を離れていたことに気づいた。

「お母様もお父様も労働者ブロックよ。ハンナ、ここでは音楽ができるということは極めて重要なの。生きる切符を手にしたことになるわ」

「労働者ブロックではどうなるのですか？」

「そうね、過酷だわ……」

それ以上アルルが語ることはなかったが、ハンナは列車を降りた後に一瞬だけ見えた労働者の姿を思い出す。

やせ細って虚《うつ》ろな目をした人たち。列を乱さぬよう、過度の疲労で歩けなくなった人を引きずって歩いている人もいた。その中にはもう、命をなくしてしまった人もいた。

労働者ブロックに行くことがどういう結果を招くことになるのか、それが分からないほどハンナは子供ではなかった。

3

親衛隊長によって、ハンナのことは瞬く間に幹部中のうわさになった。

〝あの、アルル・ビゼーが絶賛した〟

〝たった一秒の演奏で人を酔わせる天才少女〟

〝アウシュヴィッツに青い目の美少女ヴァイオリニスト現る〟

ハンナのキャッチフレーズはいくつも作られた。

アルルはレンガで造られた音楽室へハンナを連れて行き、ハンナが明日《あした》から練習に入り楽団のトップになることを九人の楽団員に告げた。

ハンナのヴァイオリンを聴いてアルルは飛び上がらんばかりに喜んだところだったが、ハンナを前にした音楽隊の人々の反応は必ずしも喜ばしいものではなかったようだ。

言葉にならないどよめきが起こり、ハンナはアルルが大喜びしたようには歓迎されていないことを知った。

「ハンナ、明日からこれを着て練習よ。早朝の点呼が終わったらすぐ練習に来なさい。だいたい六時頃よ、分かったわね」

「は……はい」

「ハンナの部屋は親衛隊が教えてくれるわ。私はまだこれからひと練習させてからにするから、あなたはとにかく疲れを取りなさい」

そういえば……飲まず食わずであったことを思い出したが、緊張のせいか全く空腹を覚えなかった。

外に出ると親衛隊がハンナを遠いブロックに連れて行った。確か目の前だと聞いたのにおかしいと思ったが、この収容所のことが分からないハンナは従うしかない。ハンナは何ブロックか隔てた労働者ブロックへ連れて行かれ、にわとり小屋のように仕切られたベッドへと放り込まれた。


アウシュヴィッツ＝ビルケナウ強制収容所での一日目は、家族がついにばらばらになった悲しさと心細さと空腹とみじめさで寝つかれなかった。

寝床は粗末な木造バラックで窓もなく、布団は三人に一枚しかなかった。

衣服は薄い囚人服だけで、ほとんど着たきり状態だったために疥癬《かいせん》が蔓延《まんえん》していて痒《かゆ》くてしょうがないのか、夜中にガサガサと皮膚を掻《か》き毟《むし》る音が耳に響いた。

朝方になってやっとうとうとしたかと思うと、アルル・ビゼーが捜していると親衛隊員が告げにやってきた。まだ点呼前だった。

「あんた。アルル・ビゼーの音楽隊かい？」

ふいにハンナの横で寝ていた囚人が、振り返って聞いてきた。

「さあ、音楽隊というのはよく分からないんですが、今日から早朝レッスンだから音楽室へ来るようアルルさんに言われました」

そう言うと、今度は前方上段に寝ていた女性がガバッと起き上がる。

「この……っ、ナチスの犬めっ！」

ペッと唾《つば》を吐きかけてきた。幸いなことにハンナには当たらなかったが、唾を浴びたのと変わらない衝撃を受けた。

名前も知らない相手から、このような仕打ちを受けるのは初めてだ。自分のなにが相手の気に障《さわ》ったのか分からないハンナは、むやみに謝るわけにもいかず困惑した。

「おやめよ」

どういう反応をしたらいいのか、おろおろしているハンナに助け船を出してくれたのは、隣の人だった。おかげで、今自分が不当な扱いを受けていることが分かって少しほっとする。

「こんなところで無駄な争いはよしとくれ」

思わず救いを求めるような視線を隣の人に送ると、彼女は気まずそうにハンナから目をそらせた。

「あんたも、さっさとレッスンにでもなんにでも行っちまいなっ」

吐き捨てるように言われて、ハンナは自分が疎《うと》まれる存在だと知った。

自分ではなく音楽隊が嫌われているのかもしれないと思ったが、ハンナにはどちらも同じことだった。もしかしたら嫌われているのではなく、音楽隊に入りたいと思っているのかもしれないと子供なりに考えたが、そんなことはすぐに忘れてしまった。

ハンナは音楽隊というものがどういうものか分からないまま、逃げるようにアルル・ビゼーのいるブロックへ向かった。

その一角の音楽室と呼ばれるところへ入っていくと、カンカンに怒ってそこら中でわめき散らしているアルルが立っていた。

「ハンナ、遅すぎるっ。早朝レッスンのこと忘れたの？　集合は六時って言ったわよ！」

時計がないのにどうして六時に来ることができるのか分からなかったが、九人の隊員はすでに練習をはじめていて、遅れてきたハンナのことなど気にも留めていなかった。

「すみません、昨日は寝られなくて……」

「えっ、ひょっとしてあなた、労働者ブロックにいるんじゃないでしょうね」

「分かりません。ここに来るために三つのブロックを走ってきました。木造で窓もなにもないバラックにいます」

「……まあ、あれほど親衛隊長に言ってあったのに、他の親衛隊までまだ話が伝わっていなかったのね。あなたのお部屋は目の前のレンガブロックの端よ。一応は個室になっているし、ちゃんとベッドも入っているのよ。机だってあるわ。食べるものも特別よ。さあ、その囚人服も昨日あげたものに着替えてちょうだい」

アルルはてきぱきとしているが少し高飛車にものを言うので、隊員は怖がっているようだった。白いブラウスに紺色の長めのスカートに着替えると、ハンナは心なしか嬉《うれ》しくなった。

「ハンナ、私たちにはいつもきちんとした身なりが必要よ」

と言うと、アルルは満足そうに笑った。

「今やってるのは『ラデツキー行進曲』よ。さあ、あなたたち弾いてちょうだい」

アルルは九人の隊員に指揮棒を振ったが、しばらくすると指揮棒をバチバチと鳴らし演奏を中止させた。

「ハンナ、聴いての通りよ。あなたの力が必要だと分かったでしょ。みんなヴァイオリンを持って二、三年の人たちなの。基本はできてるんだけど、音楽にならないのよ。

楽譜をさらうのがやっとなの。あと半月で三曲はマスターできないと私たちは解散よ。解散させられるとどうなる？　ガス室が待っているのよ。それか、労働だわ。どちらにしろ死ぬしかないの。まだ一曲もまともにできていないのに、どうすればいいのか吐き気がするわ」

「一曲も……？」

ハンナはことの深刻さが分かった。なぜ、アルルが異常なほど遅刻に厳しいのかも理解できた。

第一ヴァイオリン四名と第二ヴァイオリン四名、ビオラ一名という構成で、ハンナは第一ヴァイオリン奏者の教育にあたった。

全く楽譜が分からないそばかすのマリーのために、音を弾いて一つひとつ教えていく。自分の腕が悪いことに半ベソをかいていたマリーだったが、ハンナが教えた通りの音が出るようになると、その顔に微《かす》かな笑顔が見られるようになった。

「……次に音楽隊を追い出されるのは私なの」

「え？」

聞くところによると、音楽隊の定員には限りがあるようで、ハンナが入隊したことによって音楽隊から脱退させられて労働者ブロックに送られた人がいたようだった。

ハンナが音楽隊に入隊したことをアルルは救世主とばかりに喜んでくれたが、その裏ではハンナのせいで脱退しなければならなかった人がいたことを知る。明日《あした》は我が身と思えば、新しく入隊したハンナのことをみんなが歓迎しないのももっともなことだった。

「私が一番みそっかすなのを知っているから、毎日ビクビクして暮らしているわ。今日護送されてきた人に、楽器のできる人がいたらどうしようって。あなたが入隊したって聞いた時、正直言っていい気分じゃなかったけど、そんなことを考えてしまった自分が恥ずかしい……。ごめんなさい」と謝るマリーに、ハンナは首を振って応《こた》えた。

収容所に来てまだ間もないハンナには、きっとマリーの感じる重圧をちゃんと理解できないでいる。それが申し訳なくて、ハンナこそ謝りたい気分だった。

「マリー、上手に弾けるようになりましょう。楽器が弾ける人がやってきても、マリーがそれ以上に上手になればいいのよ。マリーが覚えやすいように教えるから、分からないことがあったら何でも質問してね」

「ええ、私もっと練習するわ」

早朝から始めて、昼になると大きなひとフレーズは完全に合わせて演奏できるまでになった。アルルはハンナの手を取り、感激に胸を詰まらせたようだ。

ハンナに興味を示すことのなかった隊員たちも、ハンナが加わることで練習が大幅に進むと分かると大喜びで、ハンナを歓迎するムードに変わった。それに、アルルのヒステリーからも解放されたことが隊員たちの最も嬉《うれ》しいこととなり、音楽室での練習が喜びに変わっていった。

アルルは音楽に対し、自分のレベルを基準にしていたので、要求はとてつもなく厳しかった。が、親衛隊に一目置かれた存在であったため、食料を含む生活改善に対して要求すれば大抵のことなら融通してもらえた立場を利用して、音楽隊員たちの普段の生活は一日中労働にかり出される連中とは比べ物にならないほど改善されていった。

それだから、誰も彼女を恨むものはいなかった。

4

「誰か、赤ちゃんが！　助けて……早くっ！」

練習も終わりに差し掛かった頃、建物の外から女性の悲鳴が聞こえた。

アルルとハンナそして音楽隊の数人が外へ駆けていくと、労働者ブロックの女性が息を切らせて駆け寄ってきた。その顔は真っ青で唇は小刻みに震えていた。

「ハンナは来なくていいっ」

労働者ブロックの女性と一緒に駆け出そうとしたアルルは、一拍遅れてついてこようとしたハンナを声で押しとどめた。

けれども収容所に来たばかりのハンナにアルルの真意が分かるわけはなく、小さな足で二人に必死でついていった。アルルはここで起きるできごとをまだハンナに教えたくはなかったが、ハンナに構っている余裕はもうなかった。

たどり着いた場所には、助産婦の資格を持つ女性と生まれたばかりの赤子を抱いた婦人が親衛隊三人に取り囲まれていた。赤子は同じ労働者ブロックの助産婦が取り上げたばかりだった。

「口を塞《ふさ》げ」

「嫌ですっ」

「では、こちらに寄越《よこ》せ」

婦人は強く赤子を抱きながらむせび泣いていた。助産婦は親衛隊からかばうようにして、婦人の前に果敢に立ちはだかる。

「そうはさせないわ。この子は絶対に殺させない！　みんなの希望の光なのっ」

と、命も惜しくないというように両手を広げた。

アルルは、そのやり取りを見ている人たちを分け入って前に出て行った。

「待って！　こんな生まれたばかりの命まで奪おうっていうの？」

アルルは息を切らせながら親衛隊に怒鳴った。

「アルル。君も知っているだろう？　ここでミルクを調達できるわけじゃないんだ。少しだけ生かせておいても悲しいだけで意味のない命があるんだ。分かってくれ」

「命に意味があるとかないとか、あなた方に決めてもらいたくないわ！」

「乳の出ない母親では赤ん坊が飢え死にしてしまう。目の見えないうちが幸せなんじゃないか？」

親衛隊はアルルに一目置いていたため、丁寧に説明した。アルルはその言葉を聞いて、一瞬ひるんだ。

その瞬間だった。

別の親衛隊が容赦なく赤子と一緒に婦人と助産婦を次々に射殺してしまった。

「ハンス……なんてことを……！」

非道な行為をする親衛隊を、アルルは知っているようだった。

今目にした光景が信じられないというように、ハンスと呼んだ親衛隊の男を見る。

「おれは自分の仕事をしただけだ。鉄砲の弾を二発も無駄にさせやがって」

「そんなっ……」

相手をなじる言葉をぶつけようとした時、アルルの顔に泥団子のようなものが投げつけられる。

「お前のような飼い犬の出る幕じゃない！」

「そうだ、お前なんかに同情されてたまるかっ」

「弱い者を助けたつもりで、優越感に浸ってるだけじゃないか」

先ほどの一部始終を見ていた労働者ブロックの人たちは、同じ囚人でユダヤ人同士であるはずのアルルを逆に非難した。

美しい彼女の顔が泥だらけに汚れていく。

丸められた泥団子は、なおもアルルに向かって投げ続けられた。

「ベッドも着替えもある部屋へ帰れ！」

「帰れっ」

人々が「帰れ」と口々に言いだすと、アルルは何ひとつ言い返せず、ギュッと唇をかみしめた。

強く握った両手は皮膚に爪が食い込んで白くなっている。

助けにきたはずが、仲間と思っていたユダヤ人囚人に非難されて行き場をなくしてしまった。

「……っ」

アルルは頭を下げ、小走りにその場を去った。

人が殺されるのも、自分が罵倒《ばとう》されるのも、ここでは日常茶飯事のことだった。収容所内で起こるあらゆる出来事に以前ほどは動揺しなくなったし、理不尽な扱いを受けた時の気持ちの処理の仕方も覚えた。けれども痛みに慣れることは未だにない。

ハンナは人の陰に隠れて今のできごとをすべて見ていた。

収容所のことを誰も詳しく語ろうとしない理由や、音楽隊が特別扱いされていることに収容所生活二日目の子供のハンナも気づくことができた。

5

練習二日目の夜から、ハンナはアルルの隣に移ることになった。

ハンナのための一室が与えられ、窓にはカーテンが取りつけられていて、空腹感といつも監視下にあること以外は全く別世界にいるような気分になった。

ふと、ハンナは自分の家族のことが心配になった。アンドリューは元気にしているだろうか、おじいさんの腰痛は大丈夫だろうか。やさしいお母さんの所へ行きたい。お父さんは私のことを心配していないだろうか。

涙があふれ出すとますます悲しみが募った。

自分たちはどうしてこんな目に遭わなくてはならないのか。いつまでこうしてここにいなくてはいけないのか。学校に行けないまま、これから先どうすればいいのか。おばあさんはどうしているだろう。やさしかったお姉さんはどうして死んでしまったのだろう……。

柔らかい焼きたてのパンが食べたい。チーズが食べたい。あったかいスープはどんなにおいしいだろう——。

いつまでも大声で泣きやまないハンナを心配して、アルルがハンナの部屋に入ってきた。ベッドに突っ伏すように泣いているハンナを抱きよせ、背中をさすってやった。

「あなたはまだ若すぎるわね。きっと音楽があなたを救ってくれるから頑張りましょう。こんなことがいつまでも続くわけではないんだから。あなた、兄弟はどうなさったの。一人っ子じゃないわよね」

アルルがそう話しかけると、泣きやみかかっていたハンナは再び大声で泣きはじめた。

「お姉さんは死んじゃいました。弟アンドリューはおじいさんと左の列に並びました。保育所に連れていくって……」

そのまま声にならなくなってしまった。

アルルは言葉を失った。ハンナの弟もおじいさんもすでにこの世から去ってしまっているなんてことがハンナの耳に入らないよう祈ってやるしかなかった。

「さあ、明日《あした》また早いうちから練習よ。もう寝なさい」

そう言ってハンナに布団を掛けてやると、ハンナは泣き疲れたのかそのまま寝息を立て始めた。アルルは涙で顔にくっついたハンナの金色の髪をやさしく後ろに撫《な》でつけてやった。

6

ハンナが音楽隊に入って五日目。

ついに『ラデツキー行進曲』が完成した。

あと十日で二曲仕上げなければならない。シューベルト『軍隊行進曲』の練習が始まったが、『ラデツキー行進曲』に比べかなり簡単だったため、主旋律まではあっという間にできるようになり、午後からはもう一曲『エーデルワイス』を練習した。

そばかすのマリーは『ラデツキー行進曲』が仕上がる頃には譜読みもなんとかできるようになり、運弓と呼ばれる弓の動かし方も確実に上達していた。

ここでは楽譜を手に入れることすら大変な作業だった。

アルル・ビゼーは練習の後も自分の記憶の中にある音譜を思い出しながら書き、さらに編曲をしてみたりアンサンブルになるようにパートを分けてみたり、男性音楽隊員の中からアンサンブルに立ち会ってくれそうな人に交渉しなければならなかった。

またある時は、囚人の中からナチス親衛隊が自分たちの仕事の部下として収容所内を見張らせるために選んだ、カポと呼ばれる囚人の長や親衛隊員の誕生祝賀会に呼ばれて演奏をしなくてはならないために忙しさを極めた。

そばかすのマリーは、音楽隊員やアルルに迷惑をかけないように、夜遅くまで譜読みをしたり弾いたりしていたが、いよいよ三曲が仕上がり総練習に入ろうとした日に高熱で倒れてしまった。

チフスでないのが幸いだった。

アルルは病棟ブロックの女医に翌月の誕生日演奏を約束し、その代わりマリーにできる限りの手当てをしてもらえるよう頼んだ。

その足で男性音楽隊の練習室へチェロ奏者の調達を頼みに行ったが、そこでアルルは絶句して立ちすくむことになった。

男性音楽隊を率いていたのは、なんとクラウスだったのだ。

「クラウス？　ビュルガー・クラウスねっ」

「おおっ。アルルじゃないか。そうか君、無事でよかった」

クラウスとアルルは、若い頃何度も共演したことがあり、お互いに尊敬しあっていた。

「なぜドイツ人のクラウスがここへ？」

そうアルルが問うと、クラウスは「君のところにハンナっていう女の子がいるだろう？」と質問で返す。

「ええ、ええ」

前もってハンナからクラウスのことを聞いていたアルルは、ぱあっと明るい顔になる。

「ハンナから聞いていたわ、あなたのことを。さすがクラウス仕込みね、ハンナは今私の右腕よ」

「もっぱら僕の妻が教えていたんだよ」

クラウス夫人にも面識のあるアルルは、納得したように何度かうなずく。

「奥様はお変わりない？」

「彼女は家でのんびりやってるさ。一人でも生きていけるから心配ない。生徒だっているんだ」

「それならクラウス。あなた、どうしてここへ？」

アルルには、クラウスがこのアウシュヴィッツの地にいる理由が分からなかった。

「ヤンセン一家を匿《かく》まってたんだ。最初はダッハウ収容所へ護送されたんだが、僕はその頃忙しくドイツ軍基地や司令部へ演奏で行ってやったので、名がずいぶん知れ渡っていたおかげで釈放してもらえたんだよ。だが、一緒に護送されたヤンセンたちがアウシュヴィッツへ転送されることを知り、ダッハウの所長に僕だけ一緒にアウシュヴィッツへ送ってもらえるように申し出たんだ。少なくとも何年か彼らと暮らしたんだよ、見殺しにはできない」

「まあ……人のいいドイツ人もいたものね」

それは、厭味《いやみ》を含んだ感想だった。

ドイツ人に迫害されて自分はここにいるというのに、わざわざユダヤ人を助けようとするドイツ人がいるとは考えにくい。

「政治がおかしな世界にしてしまっただけで、個人はみんないいやつさ。僕だけが捕まったドイツ人じゃない」

「でも、あなたたちドイツ人がその政治に賛成したわけでしょう？　いいやつだなんておかしなこと言わないでよ。おかげでどれだけの人たちが殺されていっているか、あなたは知らないのね。毎日毎日、四つの火葬場からはモクモクと煙が切れないでいるのよっ」

アルルには、クラウスの言葉は綺麗《きれい》事にしか思えなかった。

クラウスは悪人ではないと分かっているが、クラウスがドイツ人だと思うと、つい当たりがきつくなる。

「本当に、なんて腐ってるんだ。僕はここに来てこの状況を知ったんだよ。ここで生き抜くには色々なことに無関心でいられるように頭を麻痺《まひ》させなくてはならないようだ。そうしなければ気が狂ってしまう」

「私、音楽がここにある意義をいろいろ考えることはやめたわ。その代わり、もっと純粋に音の世界を追求していくことのみに生きる意味を見いだしたのよ」

「君らしいな、アルル。君は音楽を通して自分がどうするべきか分かっているようだ。僕は音楽を通して、どうにかヤンセンたちを救い出そうと思って来たんだが……」

正義感に溢《あふ》れた眼差《まなざ》しのクラウスに告げるべきかどうかアルルは迷った。けれども、隠していても仕方ないことだからと自分に言い聞かせて口を開く。

「ハンナとハンナのご両親だけよ、生きているのは」

「それはどういうことだ？」

「ハンナには言わないでちょうだい。ハンナの弟さんとおじいさまはすぐガス室送りになったのよ」

アルルは、悲痛な面持ちでハンナから聞いた状況をクラウスに話した。

「そうだったのか……。なんてむごいことをっ」

「ヒツジやヤギの代わりに、私たち神の民のホロコーストよ。なぜこんな生贄《いけにえ》を必要としているのか、なぜ民をお救いにならないのか、民がどれほどの罪を犯したというのでしょう。クラウス、いったい何なのっ」

アルルはアウシュヴィッツに来て初めて泣いた。

あらゆる屈辱を耐え抜いてきた彼女は、音楽の世界へ逃げることでなんとか自分を気丈に維持していたが、ここに来てまるで張りつめていた糸が切れたように涙が頬を伝った。

クラウスはまるで父親のように、彼女を思い切り胸の中で泣かせてやった。

「いいかい、アルル。音楽はおそらくこの世の全能の神だ。心配しないでいい」

音楽という単語を耳にして我に返ったアルルは、クラウスの胸から一歩下がり、取り乱した髪を撫《な》でつけた。

「クラウス、ごめんなさい」

そう言った時には、感情を押し殺したアルルがいた。

「すっきりしたのなら、気にしなくていい。それよりもアルル、わざわざ音楽室に来た理由があったんじゃないか？」

「そうだった、クラウス。あなたの楽団からチェロ弾きを貸して頂きたいの。いよいよ明日《あした》、私たちの女性楽団も活動に入ることができるようになったのだけど、低音になるとどうも気が抜けちゃって……」

「僕でよければ、いつでも」

チェリストでもあるクラウスは、自分で自分を推薦する。

「まさか、あなたが来てくださるの？　だってあなたの楽団が困りはしない？」

「僕にいい案があるんだ」

クラウスは何事かを考えながら口元を緩めて言った。

「僕が行けないときはもう一人、僕のここでの弟子、レオ・ロチェスターというポーランド人がいるから、そいつを紹介しよう。なかなかのハンサムだよ」

「それは、助かるわ。さっそく今日の午後、私たちの音楽室に来ていただけるかしら」

「ああ、レオと二人で行くよ。何を練習しておけばいいんだ？」

「『ラデッキー行進曲』と『軍隊行進曲』と『エーデルワイス』を」

「ＯＫ。すぐにでも合わせられる」

7

アルルは、この日ばかりは神を信じることにした。

何かに縋《すが》って希望を持っても、それが覆されたことは何度もある。けれども希望が叶《かな》わなかった時のことなど考えず、一心に神を信じてみたくなった。

今の状況に絶望していても、生きたいと強く望むからこそまた信じてしまうのである。それに、この地獄のような収容所に現れたクラウスが、本当に神のように見えたのかもしれない。

その日の午後になって、クラウスとレオは連れ立って女性の音楽室へと足を運んだ。そこでクラウスは、やせて小さくなったハンナを見つけた。

「ハンナっ」

クラウスの問いかけに振り返ったハンナは、一瞬自分の目と耳を疑った。

「ク、クラウスさん？」

ハンナは左手にクラウスからもらったヴァイオリンを握りしめ、嬉《うれ》しさのあまりクラウスの広げた腕に飛び込んだ。

「元気でなによりだ、ハンナ」

「クラウスさん、捕まっちゃったの？　私たちのせいで？」

「そうじゃないんだ、ハンナ。僕はここに来たかったんだよ。君の神になるためにね」

「クラウス先生は？」

「彼女は大丈夫だ、心配ないさ。君たちがいつか戻ってこられるように、毎日部屋の掃除をしているよ」

レオはすぐ横でその会話を微笑ましく聞いていた。

すでに両親を亡くしているレオには、ハンナとクラウスのやり取りが、家族を思い出させるものだったからだ。どことなく亡くなった妹に面差しの似たハンナのことを、レオははじめから好ましく思っていた。

レオと同じく優しい気持ちで二人を見守っていたアルルは、頃合いを見計らって自分の隊員に向き直った。

「こちら、有名な〝クラウス・アンサンブル〟のビュルガー・クラウスさん。そして、クラウスさんのお弟子さん、レオ……えっと……」

「レオ・ロチェスター。十八歳です。よろしくお願いします」

レオは黒くまっすぐな髪をしていた。

目も深い緑色で、聞けばイタリア系が混じっているという。さわやかな笑顔に、女性陣はここが収容所だということを忘れて思わず息をのんだ。

ハンナは何日もシャワーを浴びられていないことを急に恥ずかしく感じて、ふけだらけの頭だとか体臭だとかを隠したくて、クラウスの背中に隠れた。クラウスはそんなハンナの心に気付かず、ハンナをレオの前に押し出した。

「レオ、この子が僕の言っていたヴァイオリンの天才少女ハンナだ。若者は若者同士、友達になってやってくれ」

レオはハンナの右手を取り、甲に軽くキスをした。

ハンナは生まれて初めての行為にびっくりして右手を引っ込めた。

みんなはその様子を見て大笑いをした。アルルもその様子を見て目を細めたが、すぐに浮ついた場を収めるよう、手を二回たたいて言った。

「さあ、始めましょう。明日は本番よ」

チェロは一度で合わせることができたので、三曲で三十分あれば練習は終わってしまった。

そこでクラウスはアルルに、次の練習曲から男性楽団と合同で時々練習することを提案した。一つになればアンサンブル以上の大きなオーケストラが結成できるからだ。

しかし彼女には、音楽はアンサンブルに限るという主義主張が強くあって、いい返事を返せなかった。

8

いよいよ音楽隊デビューの日がやってきた。

この日は朝六時にアルルの率いる女性楽団が収容所の門に集合し、『ラデッキー行進曲』と『軍隊行進曲』を代わるがわる演奏する中、強制労働に行く人たちの行進が始まった。

ここ数日間、音楽室にこもりきりで練習をしていたが、自分たちがなぜこれほどまで必死になって練習していたのか、ハンナは一度も考えたことがなかった。

ただアルル・ビゼーがどういった曲をいつまでに仕上げるという期日を突き付けてくるから、それを実現することしか考えておらず、なぜこの曲を弾かなければいけないのか、誰のために演奏するのか、演奏にどういう意味があるのかなどといったことを考える余裕などなかった。目先の目標をこなすことで精いっぱいだったのだ。

行進の最中、強制労働に行く人たちが楽団員に向かって「ナチスの飼い犬」と唾《つば》を吐きかけることは一度や二度ではなかった。

ハンナは収容所で迎えた初めての朝に浴びせられた「ナチスの犬」という言葉を思い出して、ふいに第一ヴァイオリンの弓が止まった。

痩《や》せて骨と皮になった体に鞭《むち》打っているのだろう。労働に行く前から重い体を引きずって言葉通り強制的に労働にかり出される人から見れば、音楽隊はなんて楽で安全な立場にあるのだろう。

同じ囚人でありながら天国と地獄のようだった。

彼らが音楽隊の存在を忌ま忌ましいと思うのも無理はない。労働者ブロックにいた人たちも、できれば音楽隊に入りたいと思っているのかもしれないなんて、よくも思い上がったことを考えていたものだと数日前の自分を恥ずかしく思った。

もしも自分が向こう側の人間であれば、安全地帯にいるような音楽隊を蔑《さげす》んだり憎んでいただろう。

暗い顔をしたハンナに、チェロを弾いていたクラウスは「気にするな」と顔を横に振って励ました。一瞬演奏が途切れたが、ハンナはなんとかついていった。

最後の列が行進していくと、中に咳《せき》をしている女性とそれを後ろから見守るように行進している男性の姿が目に入った。

まぎれもないハンナの母と父であった。

両親が無事でいてくれたことは嬉しいことだったが、ハンナはあまりにもやつれて咳の出る母が心配でならなかった。

今まで病気らしい病気をしたことのなかった母だけに、余計に気がかりで仕方がない。なんとかして二人に気づいてもらおうと、ハンナは上げ弓のところで思い切り弓を上げて左右に振ってみた。ハンナなりのアピールに父のヤンセンが気づいたようで、母に小声で何か言ったようだ。

それまで下を向いてしきりに咳《せき》をしていた母が、父と一緒に音楽隊の方を向いた。父母はハンナの姿を見つけて大きく手を振った。

「ハンナーっ！……ハンナー！」

母は咳《せ》きこみながらハンナの名前を叫んだ。

大きく息を吸ったことでゴホゴホ苦しそうにむせていたが、それでも娘の名前を呼ぶことをやめようとしなかった。父も「ハンナ」と一度だけ叫んで満面の笑みを浮かべていた。

ハンナは嬉しくてたまらなかった。

父母はニッコリと笑ってうなずいた。ところが、それを見ていた親衛隊のハンスは、長い鉄棒を持ってきて、大声を出した父母を思い切り叩《たた》きのめそうとした。

ハンナはびっくりしてヴァイオリンを取り落とすと、無我夢中で父母のほうへ走っていった。

「ハンスさん、やめて！　やめてください。私のお母さん、お父さんです」

先日見かけた親衛隊のハンスだった。

以前ハンナが見た時は、生まれたばかりの赤子と母親、そしてその助産婦を立て続けに殺したところだったが、後から聞いた噂によると、ハンスは弱った労働者を見つけて殺す役割を与えられているらしい。

鉄砲では味気ないからと言ってわざわざ鉄の棒で殴り、絶命に至らしめることを趣味にしているようで、収容所内では〝殺人鬼ハンス〟として名前が知れ渡っていた。

弱っているところをハンスに見せたが最後、あとはハンスの好きな方法で殺されるだけである。よって、彼が見回りに来るとみんな咳を我慢したり、赤土を頰に塗って血色をよくみせかけては、必死で健康を取りつくろってやりすごした。

「なんだとぉ」

ハンスにとっての娯楽を邪魔する相手は誰だと言わんばかりに、ハンスは鬼の形相でハンナを振り返った。勢いに任せて、声の主を叩《たた》きのめしてやろう。そうとも考えていた。

走り寄るハンナに母はありったけの声で叫んだ。

「来ないでっ、ハンナ」

「来るんじゃない」

父も手を大きく振りながら近寄るハンナを制止しようとした。

「私が二人に合図なんかしたから……。二人を叩かないで！」

岩のような体軀《たいく》のハンスの前に立ちはだかったのは、収容所の中でも『天才少女』

や『美少女』と名高いハンナだった。

もちろんハンスも人並みにハンナの噂は知っており、痩《や》せこけたハンナが震えながら自分の前に飛び出してきたことに少なからず驚いていた。

ハンナは殴《なぐ》るなら自分を殴れとばかりに両腕を開いて一歩前に出た。

ハンナの小さな体など、鉄棒を使わなくてもひとたまりもないが、ぶるぶる震えながらも果敢に歩み出るハンナの姿を見ると、ハンスは気勢がそがれるようだった。親子の愛情にほだされたわけでは決してないが、今ハンナを叩きのめしても面白くないような気がした。

「……チェッ。おれの仕事を邪魔しやがって」

そう言うと、次はお前もやるぞというようにハンナに向けて鉄の棒を二、三度空振りさせた。風を切る乾いた音が不気味にハンナの耳に届く。

「ハンナ……！」

父母とハンナは強く抱き合った。

ハンナは緊張の糸が切れたように母の胸に崩れ落ち、父のヤンセンが母ごと受け止めた。ずいぶん薄くなった母の胸に違和感を覚えないわけではなかったが、それでも久々の両親のぬくもりを感じて、ハンナはホッと安堵《あんど》のため息をこぼした。

「今のはハンナに免じただけだ。列を乱すな！　さっさと行けっ」

ハンスはそう言うと、再び鉄棒を振りかざす真似をした。

母親はなにやら紙きれのようなものをハンナに渡そうとしていたが、諦《あきら》めて手の中にしまい込み、列に戻った。列が乱れたのはお前たちのせいだと言わんばかりに父母はカポ（ナチスの命令により同じ囚人でありながら囚人を取り締まる役割のユダヤ人）に棍棒《こんぼう》でふくらはぎを叩かれながら、また歩きはじめた。

「お父さん、お母さん、お母さん！」

ハンナは去っていく父母に叫んだ。

せっかく逢《あ》えたというのに物悲しさがこみ上げてきて、同じ場所にいるというのに遠い距離を感じずにはいられなかった。

――そして、それはハンナが最後に見る父と母の姿だった。

9

夕方の労働者を迎える時間は、男性楽団が演奏に出たため、父と母がその日どんな姿で強制収容所の門をくぐったのかをハンナは知る由もなかった。

クラウスとレオは、最後尾で頭を割られ血だらけになって死んでいる女性の遺体と、鉄砲で胸に穴を開けられた男性の遺体が、その他数十名の遺体と共に担架で運ばれてきたところを見てしまった。

それはヤンセン夫婦だった。

クラウスは変わり果てた二人の姿を見つけるなり演奏をやめ、最後尾を取り締まっているカポの一人に走り寄り、首をねじ上げた。

「きさま、ヤンセン夫婦をどうしたんだっ」

「ヤンセンなんて名前はしらないなぁ。ここでは番号で言ってくれないと」

「それでも同じユダヤ人の言うことかっ。頭から血を流していた女性のことだっ」

クラウスはカポの頬を思い切り殴った。

それだけでは物足りず、倒れたカポに馬乗りになり、さらに服の襟をつかんだ。

クラウスは恰幅《かっぷく》がよかったが穏やかな性格で、滅多に声を荒らげて怒鳴ることはなかったため、音楽隊員はびっくりして突っ立ったまま呆然《ぼうぜん》とその光景を見ていた。

「と、とにかく、しゃ、しゃべるから、手を離してくれ」

クラウスが手を離すと、カポは絞め上げられた首をさすりながらしゃべり始めた。

「親衛隊がいるから手短に話そう。彼女は数日前から咳《せき》と熱があって肺炎の疑いがあったんだ。病院に行くべきなのだが、病院で治らない者も治った者でさえも医師の気分次第でガス室送りになっていくことを知っている彼女は、病院行きを嫌がり今日も労働の道を取った……」

　けれどもハンナの母はあまりに咳がひどかったため、途中で仲間が気味悪がって「自分たちにうつすな」と言って、前後数人の女性たちが殴りかかったようだった。その思いがけない暴動沙汰《ざた》を聞きつけて、例の殺人鬼ハンスは暴動に加担した人々を片っ端から殴り殺していったと、口早にカポは話す。

「ところが、おそらく彼女の旦那《だんな》だったんだろう。男がひとりハンスの鉄棒を取り上げようと抵抗して、別の親衛隊にその場で銃殺されてしまって、彼女に折り重なるように倒れたんだ。監督が悪いと言われて、おれまでハンスのやつに思いっきり殴り飛ばされた。いい迷惑だぜ、まったく」

　そう言うと、腫《は》れた左頰に手をやりながらクラウスを振り切り、アウシュヴィッツの門の中へ走り去った。

　クラウスは門前で膝《ひざ》を落とし、髪の毛をむしりながら声を荒らげて泣いた。

　なんていうことだ。ドイツ人である自分が収容所に来れば、どうにかヤンセンたちだけでも守れるだろうと思ったのだが、自分の力は及ばなかった。

そもそもドイツ人である自分であればユダヤ人のヤンセン一家を守れるだなんて、勝手な思い上がりではなかっただろうか。

クラウスは自分を責めた。

ヤンセン夫妻の死は囚人同士の暴動に巻き込まれたことによるもので、実際クラウスが責任を感じることなどなかったが、彼らの死を自分のせいにして、夫婦の分まで生き抜こうと思わなければ立ち上がることができなかったのだ。

こうしてハンナだけがヤンセン一家の生存者となった。

10

クラウスの周囲では、数日前からやるせない事件が続いていた。

フルート吹きのケリーという男のことである。

彼も妻と彼の母親との三人で収容所にいたが、自分一人が音楽隊として入隊することができ、妻と母の行方は杳《よう》として知れなかった。

しかし、周囲の人間に泣き言は決して言わない男で、いつも冗談ばかり言って音楽隊員を和ませてくれる。死と隣り合わせの辛《つら》い毎日の中で軽口や冗談を言えるなんて、ケリーはよほど前向きで心の強い人間なんだと誰もが思っていた。

　ある日の演奏中のことであった。

　その日はめったにない煙の出ない晴れた日で、いい演奏をしようという思いからケリーのフルートも音が冴《さ》えていた。その演奏中の音楽隊の前に、囚人搬送トラックが三台通り過ぎようとしていた。

　ふと三台目のトラックから、聞き覚えのある声がしたような気がして、ケリーは顔をあげた。くぐもったうめき声で何を言っているのか分からないが、悲痛な声が多くの叫び声に交じって聞こえてくる。

　ケリーはふと不吉な予感がし、演奏をやめてその声のほうに耳を傾けた。鉄格子のトラックの中から、干からびた枝のような腕が音楽隊の方に伸びている。それはまぎれもなく、七十歳になるケリーの母の姿であった。

　演奏さえしていなければ、もっと早く母の叫び声に気付くことができたはずだ。母の声は音楽にかき消されて、トラックが目の前にやってくるまで分からなかった。

　自分は、母を死に追いやるためにフルートを吹いていたのか――。

　それも、いい演奏をしようと張り切っていた。

人の死を促す音楽に、いいも悪いもあるのか……？

ケリーは呆然《ぼうぜん》と立ちすくんだ。そして一瞬後に我に返ると、トラックを追いかけた。

「待ってくれ！　俺の母ちゃんなんだ。助けてくれっ！」

「ケリー。ケリー……。ケリー……！」

トラックはどんどん離れていき、声も聞こえなくなってしまった。

ケリーは石につまずいて転ぶと、しばらく地面に突っ伏したままで、自分の力では起き上がることすらできなかった。

ケリーにとっては、自分の手で母親を葬ったのと同じことだった。自分の尊厳のために、自分を産んでくれた母親を手にかけるなんて、世界中の誰が許してくれようとケリーだけは絶対に許せなかったのである。

ケリーのその後の様子は以前とはまるで別人で、魂の抜けたものになっていた。

このままでは自殺を図りかねないと思い、クラウスは男性音楽隊全員にしばらく見張るよう言い伝えていた。案の定、夜の点呼後に高圧電流の流れる有刺鉄線に向かって全速力で走り出すケリーをクラウスが見つけて、鉄線に飛び込む直前に羽交い絞めにして止めた。

「ケリー、落ち着くんだ！」

「死なせてくれ、お願いだ」

「君の気持ちはみんな分かっているよ。落ち着くんだ」

「死なせてくれ、死なせてくれーっ！」

ケリーは自分の額をこぶしで強打しながら泣き伏した。

それ以後、陽気だった彼はほとんどしゃべらなくなってしまった。

ただ生きている、それだけで他には何もない。指揮者としてクラウスには、うつ状態になったケリーの様子を見ている義務があったが、彼の心まで救ってやることはできない。クラウスにはケリーを放っておくことしかなす術《すべ》がなかった。


そのケリー事件から三日目のことである。

音楽隊の中で声楽のパートを担っていたアシェル・コーエンが、口から血を流して絶命しているのが発見された。

彼はユダヤ教のラビと呼ばれる指導者であり、ラビは信者へ宗教指導をするだけでなく、弁護士や心理カウンセラー、経営コンサルタントなど、生活における様々な相談事を請け負うユダヤ人社会の仲裁者のような役割を担っており、コーエンにおいても誰からも頼りにされる素晴らしい人柄をしていた。

その彼が自殺する一週間前に、トランペットのヤコブが相談をしていた。

「僕は大切な右手首をナチスに逆らって切断されてしまったのです。やつらは労働者ブロックの友人を片っ端から船に乗せて沖で一気に爆破したのです。爆破実験です。それを得意げにしゃべっていた親衛隊を思わずこの右手で殴ってしまいました。どうしたらいいか……」

先のなくなった右腕を押さえるようにヤコブが言うと、ラビは慈悲深い目をしてヤコブを見た。凪《な》いだ水面のようなラビの瞳《ひとみ》を見つめると、荒れ狂うヤコブの心も落ち着くようだった。懺悔《ざんげ》をするのは初めてではないが、罪を犯した自分をこれほど受け入れてもらえることは今までにあっただろうか。

「ヤコブよ、あなたは幸いであった。もし君が他の楽器をしていたなら難しいかもしれないが、トランペットなら左を鍛えればどうにかなる。大丈夫だ。右手首は……火の湖を渡ったときに落ちなければいけない理由があったのかもしれないが、それで自由になったのだよ。あなたは神に深く守られている」

確かにそうだった。彼にはひどい盗癖があって、気付いたら手が動いているということが何度もあった。貧しくて物を盗まなければ生活できないような状況ではないし、盗む物も煙草、万年筆、櫛《くし》、傘などで、高価な物だから食指が動くというわけでもなかった。

我に返った時、ヤコブは必ず激しく右手を叩《たた》いて悔いるものだったのだが、ラビの言葉を聞いて「これでもう、そういう長年の癖から解放された」という安堵《あんど》感がよぎった。右手を失ったというのに、幸福を感じたのだ。

教徒が幸福を感じている一方で、ラビの方は心を痛めていた。

なぜなら、かつての教徒のほとんどが強制労働者として駆り出され、一人ひとり絶命していく様をこの目で見ているからだ。労働者たちに出会ったとき、彼らは見たこともないくらい悔しそうな目つきでラビを睨《にら》みつけ指を差した。

「あなたは自分だけ助かろうとして、我々を見放したんだ！」

ユダヤ人社会の代表者でもある誇り高きラビは、その言葉にいたく傷つき、その夜、舌を噛《か》み切って自殺してしまった。その全容を、後になって労働者ブロックの元教徒の一人が、クラウスに話したのである。ラビの受けた苦しみを知る彼は、音楽隊の責任者でもあるクラウスにぜひ知っておいて欲しいと思ったのだ。

クラウスはラビのことをいつも冷静で強い人間だと思っていただけに、彼が音楽隊員として安全地帯にいることで、どんなに肩身が狭かったのか、その苦悩までは察することができなかった。

ケリーといい、ラビといい、自分がいながらこの惨劇を食い止めることができなかった力量のなさを、クラウスは責めずにはいられなかった。

そんな状況の中で、今度はハンナの両親の事件が勃発《ぼっぱつ》してしまったのである。

ハンナが父母と会えたことは隊員全員の知るところでもあり、その後の父母の悲しい結末を知る由もないみんなは、ハンナに会うと明るい顔で次々に声をかけた。

「よかったね、ハンナ。これから毎日会えるね」

エディがまるで自分のことのように喜びながら、ハンナに話しかけた。

「うん、いっぱい練習して、お父さんやお母さんを安心させてあげるんだ。それに、あ、忘れてた！　お母さんピアノが弾けるの」

「じゃあ、早くアルル先生に言いなさいよ。お母さんだけでも助けられるわ」

「アルル先生もここに来た時そう言ってくださったんだけど……。きっと忙しくて忘れられているんだと思う。後で言わなくちゃ。……ところで、エディのお母さんは？」

ハンナははじめて家族のことをエディに尋ねた。

「うちは……父は弁護士で、母はお医者さんだったの。共働きだから私は乳母に育てられたようなものだったわ。でも、ユダヤ人の駆逐が起こってすぐにスイスへ逃げる算段ができていたのよ。ところが運の悪いことに、家の主《おも》だった財産をボストンバッグに詰め終えた時、ナチス党員に見つかってそのボストンバッグを没収されたの。抵抗したわ。だってそれが生きるために必要だったから。そして、……父も母も……目の前で殺されてしまったのよ。もう、思い出したくない……」

そう語ると涙をにじませた。

「ああ、エディ。ごめんなさい……」

「気にしないで。ハンナはご両親を大切にしてあげて。生きているんだから……。ここにはね、色んな人の悲しみがあるの。だから、喜ぶことは大いに喜ばないと気がめいってしまうわ」

11

女性団員は、その日の午後に音楽隊員のいるバラックから約一キロ離れている火葬場近くに移動した。

一日に何度となく列車がアウシュヴィッツに着き、強制労働組とガス室送りが手順よく決められていった。ガス室送りが決められた列の人も、自分がどこへ行こうとするのかを全く知らなかった。なぜならホームに着いたと同時に、自分たちを歓迎するような音楽が隊員によって演奏されたからだ。体が弾むような明るい音楽に迎えられて、囚人一行はそれほど悪いところへ連れて来られたわけではないのかもしれないと錯覚した。

音楽は人々を欺くための道具になり下がっていたのである。

しかし、この頃になると、強制労働組とガス室送りを選別することさえ行われなかった。

移送されてきた人は全員ガス室送りになっていた。これによりガス室での作業が過剰になると、子供たちは手当たり次第に生きたまま焼却炉へ放り込まれていった。

その悲鳴は離れたバラックまで聞こえてきた。悲鳴を打ち消すため、そして恐ろしい行為を隠蔽《いんぺい》するため、とにかくそれに合わせて音楽を演奏させられる。

アルル・ビゼー率いる女性楽団は、火葬場入り口近くではだかの死者を嘲《あざけ》るような軽快な音楽を奏でた。

火葬場だからといって、死を悼《いた》む鎮魂曲を奏でることは許されなかった。時々不定期に聞こえてくる耐えがたい悲鳴に隊員は強く目を閉じ、肩をすくめながら弾くしかない。なぜなら演奏を止めることも耳を塞《ふさ》ぐことも、自分たちの命を縮める結果になるからだ。

ハンナはあまりに恐ろしい現実を知って足の震えが止まらなかったため、どう頑張ってもヴァイオリンの音程が乱れて仕方なかった。第二ヴァイオリン奏者のエディは、声と臭いに負け、弾きながら足元に嘔吐《おうと》した。

その日の夜、音楽隊員はアルルの号令で音楽室へ集合し、明日《あした》の予定と演奏項目の発表、そしてミーティングが行われた。

「今日は、はじめてにしてはまずまずうまくいったわね。いろいろ思うことはあったでしょうけど、何も考えず弾いてちょうだい。自分がどれだけいい音を奏でられるか、それのみに心を砕いてちょうだい」

アルルがそう言うと、エディは頭を大きく左右に振り、興奮してしゃべり始めた。

「私、耐えられない、こんなこと。もう音楽隊をやめるわっ。労働に出たほうがましよ。私たち誰のために弾いてるの？　何のために弾いてるの？　みんな答えてっ」

誰も答えられる者はいなかった。

みんなそれぞれにエディと同じ気持ちを抱えていたものの、今日一日では何一つ答えを出すことができなかったのだ。

「だったら、労働者ブロックへ移りなさい」

アルルは冷たい声でエディに言い放つ。

エディは予想もしなかった言葉を浴びせられて、ひるんだようにアルルを見返した。同情されることはあっても、突き放されるとは思ってもみなかったのである。

「エディだけに言うんじゃないわ。ここにいるのが辛《つら》いというのなら、明日から労働者ブロックへ行きなさい。あなたが音楽隊の椅子を譲るというのなら、座りたがる人がここにはごまんといるんだから。食べるものなんてほとんどなくて、あんなガリガリに痩《や》せた体で、毎日十時間も極寒の中で労働に打ち込む……。そんな生活の方がいいというなら、今すぐ出て行って」

アルルの厳しい言葉には、エディだけでなくその場の隊員みんなが息をのんだ。

仲間である囚人を囚人の手で葬る手助けをするより、何も考えず労働に従事していたほうが楽ではないかとこの場の全員が感じていた。

けれども十分とは言えないながらも食べ物はあり、着るものもまともで、住む所は個室を与えられている。毎日水のようなスープを食べ、薄い布地の囚人服をまとい、馬小屋のようなバラックで雑魚寝《ざこね》をしなければいけない労働者ブロックの人たちとは雲泥の差だった。今の生活を手放すことは、死を意味することにも繋《つな》がる。

アルルはエディの隣に座り、さっき投げかけた厳しい言葉とはうって変わって、やさしい手つきで背中をさすった。

「エディの言ったことは、みんな一度は……いえ、これから先何度も何度も自問するでしょう。みんなは私が平気でいると思っているでしょう？　そうじゃないわ。私もエディと同じ気持ちをすでに一年も前から一人で耐えて生きてきたの。だからあえて話をするわ。よく聞いてちょうだい」

　そう言うアルルの言葉に、異を唱える人は一人もいない。彼女は全員の顔を見回すと、今度はエディの髪を撫《な》でる。

「まず、エディ……。厳しいことを言ってしまったけど、あなたには音楽隊で生き抜いて欲しいの。死にたくて死んでいく人はここには誰ひとりいないわ。その人たちの死を無駄にしたくないの。生き抜いて、この地獄のようなホロコーストを暴くのよ。今にソ連軍かイギリス軍が助けに来てくれる。それまでは生き抜くのよ、みんな」

　その言葉はとても力強く、一人ひとりが生き抜くことは個人の問題ではないような気がした。音楽隊に選ばれたのであれば、生き抜くことが運命なのだとアルルは言っているようだった。

「男性楽団のフルートを吹いていたケリーを知っているでしょう？　彼は人とあまりしゃべらなくなり、音楽に没頭していったのよ。彼は決して変わり者じゃないし、彼の経験したことは私たちにもいつだって起こりうることなの。いい？　同じユダヤ人であっても、私たち音楽隊は死の強制労働に駆り出されることはないわ。食事だって、音を提供すればある程度調達できる。服だって演奏中はちゃんとさせてもらっているわ。でも、その食事や服はどこから来ているか考えたことがある？　ハンナ」

「……」

ハンナには分からなかった。

これだけ物が不足している収容所の中なのに、ハンナの着るものは楽団に入隊した時から揃っていたのだ。考えたことはなかったけれど、なにかおかしな感じは拭《ぬぐ》えない。

「すべて、死んでいった人たちの遺品よ。唯一そこにある石鹸《せっけん》も、枕があればその中身だって、すべて死んでいった人たちのあぶらと髪で作られたものなのよ」

ハンナもエディも他の隊員も、ギョッとして顔を手で塞いだ。

「私たちが何をしているかって？　要するに、あの最低のカポと同じなのよ。ナチス野郎のご機嫌を取って、自分の仲間たちが死んでいくさまを喜んで見送っているの。私たちが喜んで見送っているわけじゃない。でも、そう思われても仕方のないことよ」

　ハンナと共に第一ヴァイオリンを担当している、控え目で目立たないローザが口を開いた。

「わ、私、決めてるの。なぜ演奏するのかを。列車が着いた時には、一瞬でも気を楽にさせてあげるため。火葬場では、バラックで生きている人のため。収容所の入り口では、少しでも元気に働いて生きて帰れるように。夕方の演奏では、疲れて帰ってくる人のために」

　アルルはその次を続けた。

「ナチスには音楽がなければ生きられないと洗脳するために。カポには仲間でありながら支配している罪を浄化するために」

　エディはアルルにうなずくと、その後を続ける。

「そして、自分のために」

　ハンナは父母のためと言いたかったが、すでに父も母も殺されてしまっている仲間のことを思って心に留《とど》めておいた。

　アルルは立って手を広げた。

「そう、その調子よ。みんな、考えるなら前向きに考えましょう。逃げるなら音の世界を追求するのよ。死を選ぶなんて許せないわ。それじゃあ、明日また朝六時に集合よ」

12

音楽室から出たところで、ハンナは一番大事なことを思い出した。

「アルル先生、今朝父母がいたんです」

ハンナは母を音楽隊に入れてもらおうと、アルルを呼び止めた。

「そうそう、そうだったわね。あのハンス、いつかぶん殴ってやるわ！　ご両親大丈夫だった？」

「はい……それで、お母さんのことなんですけど……」

「あら、本当にごめんなさい。連日こんな風だから、すっかり忘れてしまっていたわ。明日、あなたのお母様のことをとりあえず音楽隊に欲しいって所長にお願いしてくるわ。ついでにお父様、笛くらいならなんとかできるようになるかもしれないでしょうから、クラウスによくよく頼んでみる」

その言葉が、ハンナは嬉《うれ》しくて仕方がなかった。

母と、そしてもしかすると父とも一緒にいられるようになるなんて、まるで夢のようなことだった。

「アルル、ハンナ……、もうその必要はないんだよ……」

突如、闇夜からクラウスの声がした。アルルは振り返り声を荒らげた。

「どういう意味なの？　クラウス」

クラウスはハンナを思いっきり抱きしめて声を震わせた。

「御両親は……もう……」

それきり言葉を紡げずにいるクラウスだった。憔悴《しょうすい》しきったその様子に、ハンナはクラウスの胸を思いっきり両手で突いて離した。

「うそ、うそよ。クラウス先生のうそつき！　お母さんは朝、見たもの。会ったんだから」

「ハンナの御両親は……強制労働中にちょっとした暴動があって、それに運悪く巻き込まれて命を落としたんだ」

「死ぬわけない、死ぬわけないじゃない！」

後ずさりをするハンナの左手をつかんで引き戻すと、彼はもう一度強く胸の中に抱いた。

ハンナは大声で泣きじゃくった。ハンナの頭にもクラウスの大粒の涙が落ちていた。

アルルも部屋に帰りかけていたエディもローザも、その他の仲間もみんなハンナとクラウスを抱くように、だんごのようになって一緒に泣いた。

泣き声は火葬場の煙と共に、高くアウシュヴィッツの夜の空に届いた。

「ハンナ、お母様の形見があるんだ」

泣き疲れて嗚咽《おえつ》に変わったハンナに、クラウスは一枚のクシャクシャになっている紙を取り出した。それはハンナにあてた手紙であった。

「これは、お母様が握りしめていたそうだ」

ハンナは涙を手の甲で拭《ふ》きながらその紙をクラウスから受け取ると、破れないようにしわを伸ばした。

いとしいハンナへ

ハンナ、お腹が空《す》いていないかしら。一人で寝られているかしら。病気になっていないかしら。淋《さび》しがって泣いたりしていないかしら。親切にしてくださる人はいるのかしら。毎日毎日、あなたやアンドリューのことを心配しています。夜になると、明日《あした》元気なハンナに会えますようにと祈ってから寝ています。今になってあなたにヴァイオリンを習わせていてよかったとつくづく思いました。風の便りにヴァイオリン

を弾く少女のうわさが聞こえてきました。ハンナに違いないと確信しました。音楽が聞こえてくると、ハンナがいるかもしれないと私はずいぶん元気づけられます。お父様も元気です。一日も早くみんなで元の生活ができますように。それまで私はどんな病気にだって負けるものですか。どんなに辛《つら》いことだって、明日を夢見て生き抜いてやりましょう。どんなことがあっても。だから、ハンナもくじけずにね。お母さんがいつでも見守っていることを忘れないでね。

追伸　紙と筆が運よく調達できたので、時々お便りします。見つからないようにヴァイオリンの穴の中にでも入れておいてください。

一九四三年五月一日　母より

ハンナは母からの手紙をしゃくりあげながら読んだ。

母は自分のことを大そう気にかけてくれたようだが、彼女こそ一日の労働に出て、どんなにお腹が空いていただろうか。寒い中、体調を悪くして辛くなかっただろうか。今さら心配しても仕方のないことだというのに、今朝の痩《や》せた母の姿が心に焼き付いて離れない。

「優しい御両親だったね」

クラウスが耳元で囁《ささや》く言葉に、在りし日の母の思い出が次々と甦《よみがえ》ってくる。母のことを考えずに、母のパンをもらっていたクラウス家でのこと。アンドリューと寝付くまで色々な話を枕元でしてくれたこと。母の笑顔、笑顔の母はもうどこにもいない。父もどこにもいない。

ハンナは左手に母の手紙を握りしめて、再びクラウスの胸を涙と鼻水で濡《ぬ》らしながら大声で泣き続けた。

13

翌日、アルルはハンナを誘いに部屋に行った。

「ハンナ、しばらく正念場よ。無理を言うつもりはないけど、何も考えないで音を追求するのよ。あなたならできるはずよ。さあ、行きましょう。みんな待っているわ。あなたが必要なのよ、みんな生きるために！　ハンナも御家族に代わって生き抜くのよ、さあ」

ベッドに突っ伏して動き出そうとしないハンナの左手を引っ張ったが、ハンナはその手を払った。アルルはハンナの肩を突いて仰《あお》向《む》けにさせたかと思うと、思い切りハンナの右頬を打った。

「甘えるのはよして。あなただけじゃないのよ。ローザもエディも病気のマリーも御家族を亡くしているの。ハンナ、あなたの気持ちはよく分かるわ。出たくない気持ちだって、弾けない気持ちだって……。でも、私たちは音楽に生かされているのよ。死んでいった人たちは、どんな思いで生きていたかったか……いえ、労働に出る人たちは、苦しくて苦しくて、いっそ死んだ方がましだと願いながら生きているのよ。その苦しみがあなたなら分からないはずはないわ。さあ、弾くのよ。一人でも元気に生きて帰れるように弾いてあげてっ」

　アルルはベッドの横に置かれていたハンナのヴァイオリンを調弦しようとA《アー》線を鳴らした。おやっと思って再度A線を鳴らし次にA線とE《エー》線を共鳴させた。

「ハンナ、これ、かすかに二重音になって、まるでエコーが利いたようになるわ。昨日の音とはまるで違う。変ねぇ……」

　ハンナはハッと思い立って、ガバッと体を起こした。

「昨日、母の形見の手紙をエッフェから入れました。あまりに中でガラガラしていたので、またエッフェから飛び出してはいけないと思って、あごあてのところを手の平でトントンしてると奥に引っかかっちゃって動かなくなってしまったんです。ずっと奥に入っちゃったのか見えなくて……。きっと、手紙が原因かもしれません」

アルルは微笑んだ。

「きっとあなたの言う通りよ。何折かした紙が支柱のようになって少し共鳴しているのね。でもほら、普通のヴァイオリンには出せない素晴らしい音よ」

そう言いながら、シューベルトの『アヴェ・マリア』の冒頭を弾いてみた。その音は澄んだ一音のときに比べ、もっと深く幅のある音に感じた。

「あなたのお母様が音になって、あなたを見守っているのね」

アルルがそう言うと、ハンナは大きく頷《うなず》いた。そして、母を抱きしめるようにヴァイオリンを胸に抱くと、ゆっくり笑顔になった。

その時。ハンナの部屋の戸をノックする音が聞こえた。

「アルル先生、ハンナ、遅刻しちゃうよ。早く、早く」

やってきたのはチェロのレオだった。ハンナの様子が少し心配になり、部屋に立ち寄ってくれたらしい。あえて何事もなかったように二人を誘いだす。

ハンナとアルルは笑い合うと、二人とも大声で返事をした。

「はーいっ」

レオはハンナの元気な声を聞いて安堵《あんど》した。

アルルはレオとハンナが二人並んで歩けるように歩幅を加減した。こんな状況ではあるが、アルルにはなんとなくこの二人がお似合いに思えたのだ。レオが両親を亡くして悲しんでいるハンナの心の支えになってくれるといい、そう思っていた。

一方ハンナの方はというと、泣いて目を腫《は》らしている顔をレオに見られたくなかったので、二歩ほどレオより下がって歩いていると、ふいにレオが振り向いてハンナの肩に手を回してきた。

「ハンナ、あまり泣くとカメレオンになっちゃうよ」

そう言って、からかうように笑う。

「ロチェスターさん、ひどい」

ハンナはヴァイオリンの腹で顔を隠した。

「隠してももう遅いよ、カメレオンちゃん。僕のことはレオでいいよ」

そう言われると、ハンナはますますヴァイオリンの腹を顔にくっつけた。

すると、ひんやりとしていて腫れたまぶたのほてりを冷やすのにちょうどいいことに気付いた。なぜかとても安心して冷静になれるような気がする。それ以来ハンナは、泣いた後にはヴァイオリンの腹を目に置いて冷やしたものだった。

集合場所に着くと、みんなハンナを囲んで喜んでくれたので、ハンナもできる限りの笑顔をみんなに返す。この劣悪な環境の中でも支えあえる仲間がいることは、今のハンナにとってかけがえのないものであった。

クラウスはレオにウインクをした。その様子を見てアルルはしっかりうなずくと、大きな声で号令をかけた。

「さあ、今日からビゼー・クラウス楽団の出発よ」

14

ハンナは仲間に支えられ、アルル・ビゼーの右腕として音楽の世界に没頭していった。

音楽に没頭するようになると、外界で起こっている辛《つら》い現実を、まるで映画の中の出来事のように受け止めることができた。労働へ向かう一行を音楽で見送る時も、痩《や》せこけて見るからに痛ましい人々のことは気にならなくなり、それよりも何曲目の演奏の何小節目が上手にできなかったとか、そういったことに神経を注ぐようになった。

こうした厳しい環境において、ハンナの腕はますます磨かれることになったのである。

ハンナは夜ひとりになった時も、演奏の反省をしたりアルルの譜面書きを手伝ったりして、極力その他のことは考えないように努めた。時々アルルの代わりにハンナが親衛隊に呼ばれて、誰かの特別な日を祝う演奏者になったりもした。

　囚人にとって親衛隊と繋《つな》がりを持つことは、融通を利かせてもらったり、生き延びるチャンスではあるのだが、まだ十四歳のハンナには、一人で親衛隊のところへ乗り込むのが怖くて仕方がなかった。演奏から帰る道すがら、なにかいい方法はないだろうかと考えたものだ。

　そんなある日のこと。

「低音があるともっといい演奏ができるのですが……」

　と、親衛隊に恐る恐る聞いてみた。

「そうだな、その通りだ。チェロ弾きは……クラウスかロチェスターだな。よし、次回から一緒に来ていいぞ」

　ハンナは心の中で拍手をした。

　それ以来、アルルの代わりに演奏に出かけることが楽しみになった。同行人がいるのであれば、演奏会へ行くのは嫌ではない。演奏者の特権でごちそうにありつけることもあるからだ。また、自分がいい演奏をすれば、音楽隊の必要性も感じてもらえると、ハンナは必死だった。

青い目の金髪の少女が奏でるヴァイオリンの音色は、いつしかナチス親衛隊の心をとらえていった。あの鬼畜ハンスでさえ、ハンナの演奏の前では獰猛《どうもう》さは鳴りをひそめ、まるで仔猫《こねこ》や仔犬のようになってしまうのだった。

ある日のこと——。

「困ったなあ、あと百人近くガス室から焼却炉を経由させなくちゃならないのに、焼却炉がいっぱいだ……」

と、膨大な数の死体処理に親衛隊は困り果てていた。

それを聞いていたハンスは、とっておきの面白い処理方法を思いついた。こんなことを思いつく自分は天才かもしれないと思うほど、ハンスにとってそれは名案だった。

「今日はあと百名ほどだな……任せておけ！」

「お前のことだから、またよからぬことをしでかすんじゃないだろうな？」

「よからぬこともよいことも、この収容所で違いなんかあるもんか」

「たとえ我々に神が味方しているとしても、許される限界があるからな、ハンス。お前の非人道的な様子に閉口することがあるぜ。地獄行きはお前だ」

「なに言ってやがる。俺が地獄行きならお前も地獄じゃないか。お前が人道的な人殺しをやってるかって？　人殺しに人道的も非人道的もここでは通用しない。おもしれえことでもやらなきゃ、毎日毎日ベルトコンベヤーの人殺しロボットだぜ」

ハンスは自分のアイディアにうきうきしながら、裸の囚人に長く深い溝を掘らせた。そして、溝を掘った連中を一列に並べ、溝の方に背中を向けさせた。何人かの親衛隊を配置すると、有無を言わさず端から銃で撃っていったのだ。撃つと裸体はマネキン人形のように即座に溝の中に落ちて、百人の命はあっという間に土の肥やしになった。

他の親衛隊は粛々《しゅくしゅく》と行っていたが、ハンスはスピード撃ちが得意だったせいもあり、速いテンポで『アヴェ・マリア』を口ずさみながら、スキップするように的確に眉間《みけん》を打ち抜いていった。

その光景は仲間の親衛隊であっても、さながら鬼のように思えた。並んだ囚人にはもちろん子供もいて、撃ちにくい状況に目をそらせる親衛隊もいたが、ハンスは平気で身長のでこぼこを苦にもしない腕を披露した。

「わっはっは。薄汚いユダヤ人め」

「おい、ハンス。その『アヴェ・マリア』を口ずさむのだけは止めてくれ。キリスト冒瀆《ぼうとく》のようだ」

「キリストが偉いか、俺が偉いか……この腕前は惚《ほ》れぼれするぜ」

「分かった、分かった。でも『アヴェ・マリア』はとにかくよしてくれ」

さらに、その近くではレンガを五百メートル先に運ばせる一団を作って、レンガを運び終えるとまたもとの位置に戻させた。

午前中は穴を掘らせ、午後になるとその掘った穴を埋めるという作業をやらせたこともある。日がな一日何度も何度も同じことを意味なく繰り返させるうちに、囚人たちは次々と発狂していった。その連中にハンスは命令した。

「有刺鉄線に飛び込め！」

彼らは声をあげながら躊躇《ちゅうちょ》なく走り込み、感電死していった。

この発案は無意味な単純労働の心理考察として医師からヒントを得たものだったが、ハンスには実に愉快な行為であった。

その夜、ハンスの奇行にさすがに気分が悪くなった親衛隊は、酒場に向かうとハンナとレオのコンビに『アヴェ・マリア』を演奏させた。将校や親衛隊の特別演奏へは、いつしかハンナとレオの二人で向かうことが多くなっていた。

外での演奏を禁じられていた『アヴェ・マリア』を、親衛隊の連中はいつも聴きたがった。血も涙もなく、人間の皮を着た化け物たちは、その時ばかりはおとなしくなるばかりか涙さえ浮かべるのだった。

さすがのハンスも音楽の前では一人の人間だった。両瞼《まぶた》を閉じ、柔らかな毛布に包まれたように優しい声で言う。

「君の弾く『アヴェ・マリア』は、なぜか格別だ……」

同僚も目を赤くしながら言った。

「我々の大罪を洗い流してくれるのさ。なあ、ハンス。お前は特に！」

「ああ……そうだろうな……」

同僚の軽口に怒り狂うと思いきや、素直なハンスがそこにはいた。ハンナはこの言葉がすこぶる意外に思えた。

どういうことを罪と思っているのか。彼らは好んで自分たちを虐待しているのではないのか。罪だと思うなら、どうして罪なことをするのか聞きたかった。

この日以来ハンナは、自分たちを監視しているこのドイツ人との間に共通した悲しみを見いだしたような気さえしてきた。

演奏の帰りに、レオとハンナはこのことについて話し合った。

「君と一緒に特別演奏に出るようになって分かったことがあるんだ。彼らはどうやら音楽をむさぼるように欲しがっているみたいだ。最初は民族性だと思っていた。でもそれだけの理由じゃなくて、うーん……なんて言えばいいんだろう。もしも、彼らに人間性が残っているとするならば、その人間性に取りすがるために音楽を必要としている気がするんだ。僕の言っていること、分かるかい、ハンナ」

ハンナは頷《うなず》きながら答えた。

「狼男が月の夜に狼男になりたくなくて、だんだん薄れていく人間の心に取りすがっているような苦痛に満ちた一瞬ね」

「そう、そうなんだよ！　完全な化け物なんかじゃなくて、彼らの政治が人間を狼男に仕立ててしまっているんじゃないのかと思うんだ。そうか……ハンナもそれを感じていたんだね」

ハンナは話をしながら、クラウスのようによいドイツ人、そして親衛隊の人たちでさえ自分の奏でる音楽を聴くとやさしく色々な物をくれたりする様子を思い浮かべた。するると、憎い憎いドイツ人をそのまま一生憎み続けようと思っていたことは本当に正しいことなのか分からなくなってきた。

レオとハンナは学校のことや友達のことや今感じた話など、色々な会話を交わす中でだんだんお互いがなくてはならない存在になっていった。

ハンナにとってレオがいなければ、またレオにとってハンナがいなければ、この収容所では生きる活力を見いだせなかった。

間奏曲《インテルメッツォ》　梵天《ぼんてん》の民

1

「この世には、〝梵天の民〟がいることを知っているだろうか？」

ある夜、クラウスは音楽隊員に向かって話しはじめた。

「梵天？」

ハンナは初めて聞く言葉に、思わず聞き返す。

「そうだ、〝梵天の民〟だ。梵天とは古代インドの宗教語で、天上界というような意味を持つんだ。新しい国作りに向けての研究に、はじめてサムライ姿の日本人団がニューヨークに来た時、その威風堂々とした礼節のある姿にアメリカのホイットマンという詩人が日本人につけた言葉なんだよ」

「クラウス、それは本当なの？　この地球上に存在するの？」

アルルは身を乗り出した。

音楽隊員総勢三十四名は、椅子をガラガラ引き寄せクラウスの周りを囲んだ。クラウスは親衛隊からくすねてきたウイスキーを飲むと、饒舌《じようぜつ》になってしゃべり始めた。

「僕は妻と結婚する前、第一次世界大戦下にいた。今から三十年ほど前のことだ。僕はドイツ軍の拠点であった中国の青島《チンタオ》にいたんだが、一九一四年九月に日本軍に包囲され、ドイツ兵俘虜《ふりよ》として日本の徳島は鳴門《なると》、板東《ばんどう》という強制収容所にはいったんだ。今は日本とドイツは同盟国だが、当時は敵国だった。そこで一九二〇年頃まで約千人のドイツ兵俘虜が板東で暮らすことになったのさ」

強制収容所と聞いて、誰もが顔をしかめた。これ以前にもクラウスが収容所に入っていたとはみんな初耳だった。それも敵国の収容所であれば、奴隷も同然だ。どれだけひどい仕打ちを受けたのだろうと恐ろしくなる。

「それじゃあ、クラウス先生は、ついこの間まで強制収容所にいらしたのね」

「そう、君たちの先輩なんだよ」

クラウスは、そう言って少し笑った。

「日本ってどこにあるのかしら？」

アルルが質問した。

「日本は中国大陸のもっと東にある小さなアジアの国だ。そこから東は太平洋という大きな海に面している。その先がアメリカ大陸だ」

クラウスは落ちていた木の小枝で、音楽室のむき出しの地面に図を描いてやった。

その地図を見ながら、ローザが首をかしげる。

「それじゃあ、ドイツはどこになるの？」

クラウスは西をずっと描き足し、小枝の先でドイツを指した。

「この辺だな」

あまりに遠い日本という国に、みんな素《す》っ頓狂《とんきょう》な声をあげて驚いた。

「それじゃあ、ドイツの裏側で暮らしてたってこと？」

「そう言うこと」

クラウスは、またウイスキーをコップに注いだ。

アルルは次を知りたがった。アルルだけではない、その場にいた音楽隊のみんなが、クラウスの収容所生活を聞きたがった。

アウシュヴィッツはまさに生き地獄だが、他の収容所では俘虜はどういった毎日を過ごしていたのか興味があったのだ。

「それで？　クラウス」

「板東にはここと同じようにバラックがいくつも建っていた。大きく違うところはガス室も火葬場もなかったことだ。思い出すなぁ……」

2

――強い日差しが、容赦なく僕の頬に照りつけた。

木造平屋建ての収容所の周囲は、ものものしく銃器を構えた日本兵で取り囲まれていて、逃げ出せそうもない。初めて来た日本は太陽の照り返しが思った以上にきつく、汗がにじみ出ていたものの、緊張のあまり不思議と暑さを感じることがなかった。

収容所の門が見えてきた時、はじめて暑さを感じ太陽を仰ぎ見た。ふと、潮の香りがぷんと鼻をよぎったような気がした。

とうとう未開の地、野蛮な人の住む地に来てしまった。

僕はたった十八年しか生きていない。

鉄砲を持っていたにしても、僕はまだ誰も殺してはいない。日本兵の隙間から野蛮人がたくさん僕らを見ようとしているし、まばゆい太陽までが僕を容赦なく射す……。

ふと両膝《りょうひざ》の力が抜けて、僕はそのまま前に倒れ込んでしまった。

気づくと、日本兵二人に小脇を抱えられながら、前のめりに引きずられている感触があった。そして、ざわざわとした野蛮人の声がずっと遠くのほうで聞こえ、命さえもうどうでもよくなったような錯覚の中でされるがままにいた。

しばらくそうしていると、突然誰かに足で蹴《け》られて仰向《あおむ》けにされた。それと同時に、冷たい水を顔に浴びせられた。

意識が遠のいていた僕は、びっくりして我に返った。

ハッとして一つかぶりを振ると、バケツを投げ捨てる音と日本兵のゲラゲラ笑う声を聞いた。普段であれば、嘲《あざけ》り笑われなどして憤慨してもいいものだが、まだ年端もいかない僕は、びっくりしてどういう態度を取ったらいいのか分からなかった。

「何をしておる！」

その時、一人の日本兵のどなり声がした。

彼らの知っている相手なのか、僕を笑っていた日本兵たちは急に顔を青くして静まった。俘虜である僕を非難して怒鳴りつけたのではなく、彼らの蛮行《ばんこう》を正しているような声に思えた。

日本兵を怒鳴りつけた男は、僕の近くまでやって来ると、背に左手をあてがい抱き起こしてくれた。彼の胸には多くの勲章がついていて、口元には立派すぎる黒いヒゲをたくわえている。

立派な軍人だ。

僕を心配しているのか、彼は手ずから水を飲ませると、僕の両脇から腕を入れて体を引き上げようとしている。異国の言葉を理解することはできなかったが、僕には「立て」と言われていると直感できた。

男の手を借りてふらつきながらもその場に立ち上がると、男は僕に微笑んだ。

一瞬馬鹿にされたのかと思ったが、彼の表情からは人を見下したようなところは見られなかった。いったい、どこの国に敵国の軍人が俘虜相手に微笑むというのだろう……。僕にはまるで理解できない行為だった。

板東の門をくぐり広場へ連れて行かれると、俘虜となったドイツ兵全員が整列させられた。

水兵帽を被《かぶ》った若い者、陸軍、海軍、将校、二等兵、民間の義勇兵等、さまざまな軍隊が混在していた。服装も、白、カーキ、マリンブルー、灰緑色など様々だった。

さっきのヒゲの軍人が自分たちの前に立ち、敬礼をした。

彼が敬礼をすると、前に一列に並んでいた数名の日本兵も、一斉に自分たちに向かって敬礼をする。さっきの微笑もそうだったが、敵に向かって敬礼をするなんて行為を僕は初めて目にした。

一体、この人たちは何をやっているというのだ……。

ヒゲの軍人のスピーチが始まった。

その様子を見ると、ヒゲはどうやらここで一番偉い所長だったようだ。彼のする話をドイツ兵だけではなく、収容所の管理兵や野次馬で集まった市民が聞いていた。

「彼らは祖国のために戦い、刀折れ矢尽きて俘虜《ふりょ》になってしまったのだから、その境遇はお互いさまのもので十分に理解されるものである。市民においてはみだりにじろじろ彼らを見て馬鹿にした態度を取って、相手国の方々に不快な思いをさせないよう注意せよ」

それらはすべてドイツ語のできる高木《たかぎ》大尉によって同時通訳され、ドイツ兵にも伝えられた。

ドイツ兵たちは一様に驚き、お互いの顔を見合わせた。僕も自分の耳がおかしくなったのかと思って、思わずぼんやりした頭を叩《たた》いたものだ。

俘虜に『不快な思いをさせないように』だって……？

僕らの驚く様子を見て、相変わらずヒゲの所長は微笑んでいた。疑い深く観察してみても、微笑みの中に邪悪な色はなかった。

鉄条網の外では、着物と言われる変な格好をした野蛮人たちが見ていたが、所長のスピーチが終わるとぞろぞろと引き上げていった。

僕らは点呼の後に別室に連れて行かれ、軍医による診察が手際よく行われた。僕には何も問題はなかったようだが、やせっぽっちだったので隣の兵に何かを言ったようだった。

診察が終わると、食事の時間だった。目の前には、ライス、鶏がらに野菜を煮込んだもの、その残りの肉と芋をいためたものが出された。野蛮な国ではどんな食事が出されるのかと恐れていたが、簡単ながらも意外にまともな料理で驚いたくらいだ。

食べ終わると、僕を含めて痩《や》せこけた数十名の兵士にのみ、半分の赤い芋が配られた。鳴門の赤い芋は、今まで味わったことのない甘いおいしさだった。

しばらくして、色々な作業が割り当てられた。

くわで土を掘り起こし、その上から砂を入れるように命令され、それからかなり深く木の杭《くい》を四本打ち込んだ。

いよいよ処刑台でも造らされているんだと覚悟をしていたら、それはなんと僕たちが利用できる鉄棒だった。

『健全な心は健全な肉体に宿る』というのだ。収容所にやってきた初日から、わが耳を疑うことばかりだった。

3

それからは収容所の奥の山間《やまあい》に畑を作り、野菜や芋を植え、豚や牛、鶏の世話もした。初めは世話をさせられていると思っていたのに、後になって生活を自治でするためのものだと理解できた時の喜びは、なんと表現したらいいのだろう。

小麦が収穫できればそれを粉にひいて袋詰めにし、自ら造ったパン工房に運んだ。それで数名のドイツ兵がパンを焼いた。その匂いは懐かしく、格別なものであった。作った野菜や肉、パンはすべて食卓に並べられた。質素ではあるが、収容所の食事とは思えないくらい豪華で、かつ栄養のバランスもよく考えられていた。自分たちの手で作った食物を食べるという行為は、自然の恵みを与えてくれた神に感謝するという、純粋な気持ちを思い出させてくれるものだった。

そんなある日、パンを焼く匂いにつられて、地元の子供が二人、鉄条網の外からじっと見ているのが分かった。パン屋のデイビッドは作業の手を止めると、焼きたてのパンを二つに割って子供らに渡そうとした。

僕の知っているデイビッドはいつも仏頂面《ぶっちょうづら》で、愛想のない男だった。

子供たちにもそんなデイビッドが取っつきにくかったのか、はたまた異人を恐れてか後ずさりしたが、鉄条網の隙間から差し出されたパンから、柔らかな湯気が立っているのを見て恐る恐る近づいてきた。

子供たちはパンとデイビッドの顔を交互に見ている。

パンに興味はあっても、無表情のデイビッドを前にすると手を出しにくそうにしていた。

デイビッドは相変わらずの怖い顔でその小さな手にパンの一欠けを渡してやり、自分の手を口に持って行って、「食べるんだよ」というしぐさを繰り返した。子供らはとうとう誘惑に負けて、熱くて落としそうになっているパンをそろそろとかじってみた。一口咀嚼《そしやく》し、ほんのり甘い味と何とも言えないやわらかさに目を丸々させて、あっという間に食べ終えてしまった。

子供たちはデイビッドにちょこんと頭を下げると、バイバイをしてはしゃぎながら走り去って行った。その様子を鉄条網越しにしばらく見送っていたデイビッドの横顔を、真っ赤な夕日が照らしていた。口元はへの字に結ばれて、ずいぶん気難しい表情だったが、本当はデイビッドが嬉《うれ》しく思っているのは僕にも見て取れた。

それからしばらくすると、デイビッドのパンは所長の取り計らいで地域の住民に売られるようになった。

彼のパンだけでなく、畜産品や農産物、音楽教室などの売り上げ金の三割は収容所の運営費に、二割は健康保険に積み立てられ、残りの半分はドイツ兵が自由に使えるお金となった。

当時、まだ日本には健康保険というシステムはなく、この板東収容所の中にのみあった。

おかげで誰が病気になっても安心して無料で良質な医療を受けることができた。

デイビッドのパンは飛ぶように売れ、地域住民はパンを焼く頃になると、門のところに列をなすようになり、僕らはまるで店屋のようにパンを紙にくるみ、彼らに渡してお金を得るようになっていった。

不用心にも見張りの日本兵はただ一人。しかも、そこに立って様子をじっと見ているだけだったので、いないも同様だ。パンの売り上げが好調と分かると、やがて門の前ではあるが、外に店を構えることも許されるようになった。

ある日、パンを買いに来ていた二人の青年が、意を決した表情でそこにいたドイツ兵に話しかけた。僕はその様子を離れたところから見ていると、しばらくしてもう一人の兵隊が来て、二人の青年はその兵隊と共に所長室のほうへ向かって行った。しばらくするとデイビッドも呼ばれた。

　後で聞いた話によると、二人の青年はパン職人を希望していて、やがて彼らはデイビッドのもとに弟子入りをし、働き始めることになった。

　これが、いわば日本人と我々ドイツ人とが共同で何かをやろうとした心の交流の始まりであった。

　最初はお互いがギクシャクしていたが、デイビッドは身振り手振りで小麦粉のこね方、寝かせ方などを何度も教えていった。

　彼らは真面目で若いために何でもすぐに覚え、ドイツ語も少しずつマスターし、デイビッドの方も彼らから日本語を教わることができた。

　いつも職人気質《かたぎ》のしかめっ面だったデイビッドは、はじめは彼らに気を遣ってか慣れない笑顔を張り付けていたものだったが、やがて彼らと作業を共にするうちに、自然な笑顔に変わっていった。目は輝き、陽気な笑い声を発する明るいデイビッドになっていった。

4

僕は幼少時より、一流のチェリストを目指すべく音楽教育を受けていた。

だから僕にとっての音楽は勝ち負けがすべてであり、勝負のための道具でしかなかった。もちろんそんなだからあまりいい思い出はないし、どちらかといえば、音楽を避けて通れるものなら永遠に避けていたいと思ってもいた。

しかし、収容所の中で音楽隊が結成されると、当然のごとく仲間に入ることになった。しかし、チェロがない。もちろん極東の日本で西洋楽器がそう簡単に手に入るわけもなく、自分の手で作ることにした。まず、木を削り、弦を長くして一応S字孔も開けてみた。すると、不思議なことにそれなりにチェロに近い音域になったのは面白い発見だった。

練習しているうちに、松江《まつえ》所長のはからいでピアノ一台、オルガン一台、チェロ、ヴァイオリン、ヴィオラ、トランペット等各数台ずつを神戸港から取り寄せてくれた。

それは、我々にとってとてつもなくありがたいことだった。さっそく僕はチェロ、エンゲルはヴァイオリンの寸法を測り、ヴァイオリン職人のポールの指導の下に音楽のできる連中を募り、見よう見まねで楽器製作に取りかかった。

音はともかく、とりあえずのものをそれでも多く作ることができた。

ポールはその中で時間がたっぷりあるときに板東の平和が世界に届くようにと願いをこめて丁寧に一級品のヴァイオリンを作った。

まともな道具もないのに、腕が覚えているようだ。しかし、仕上げの段階に入ってもニスのいいのが手に入らなかった。

ヴァイオリンにとってニスは音を左右するものでもあるから、どんなニスでもいいというわけではなかった。良質のニスが手に入らないまま、ポールはスペイン風邪に罹《かか》って収容所内で死んでしまった。

ポールは死ぬ間際に形見のヴァイオリンを僕に託した。解放後に僕はそのヴァイオリンをドイツに持ち帰って、シュツットガルトにある工房に預けた。ヴァイオリンは再度丁寧に磨かれた後に、一流のクレモナニスを塗られて、ポールの名前で一九二四年に、その工房から発表された。

板東の楽しい思いを刻み込もうと、彼はペグに『最高の人生』という意味で『D・B・L』と彫ったのだった——。

5

「エンゲルオーケストラを結成する！」

楽器が揃うと、エンゲルの呼びかけにオーケストラが結成され、さっそくシューベルトの『ます』を練習した。

山も川もある板東で、俘虜《ふりょ》という立場にいながら音楽ができる……。

初めに選んだ練習曲は、晴れやかな気分にぴったりの曲だ。

仲間は本物のますのように生き生きとしていた。僕はこうして仲間と音を合わせることがこんなに楽しいことなのかと、正直初めて知ったような気がした。音楽をやっていてよかったと、この頃になってやっと、心から音を楽しめるようになっていた。

この『ます』という曲自体はピアノ五重奏だが、第四楽章が特によく知られていて、歌詞つきで歌われてもいる。合唱団があるにはあったが、この場合の独奏は僕が任されていた。

練習が始まると、その音に惹《ひ》かれたのかまた子供たちがたくさんやってきて、毎日のようにその練習を鉄条網にくっついて見ていた。

僕たちが近付くと、わーっと蜘蛛《くも》の子を散らすように逃げて行ったが、それでも子供たちは毎日見学にやって来る。そのうちに子供たちの何人かが、お菓子箱に竹を取りつけたものを持ってきた。

どうやらヴァイオリンに見立てたものを自分たちで作ってきたらしい。

曲も覚え、合唱しながら時々僕らの方をチラチラ見るのだ。番長らしき小太りの子供はいつも指揮役で、ちびっこ音楽隊の間違いを指摘したり、腹をゆすぶりながら竹棒を回していた。僕らはその様子を見るのが面白くなり、彼らがよく見える位置に移動して練習をした。

そんなことが続いたある日、松江所長からの頼みで子供たちにレッスンをすることになった。

僕も二人の子供にチェロを教えるようになった。子供用の分数楽器はないから、サイズをみて一緒に木を切ることからはじめなくてはならなかったが、彼らにとっても僕にとっても忘れられない経験だった。

弦を張ってやっと音が鳴った時、一緒に飛び上がって喜んだ。子供たちが僕らのところへやってくるとなかなか帰って来ないと言って、彼らの親は心配になって鉄条網の外でうろうろしていたが、その不安は所長が取り払ってくれたようだった。

また、僕はギター弾きのダンが製作するギター板の張り合わせも手伝った。その代わりに彼からギターを教わった。ダンのギター教室にも五人の生徒がやってきた。

ダンは僕に言った。

「まさかね、俘虜になってまで好きなギターの製作をしたり、生徒まで取るようになるとは思わなかったなぁ……人生は面白いもんだ」

横で聞いていたヴァイオリンの名手エンゲルは口を挟んだ。

「同感です。ここの生徒は、あって当然のごとく来るドイツの生徒と比べ本当に熱心です。僕が教えた人たちが中心となって、やがて日本で西洋音楽を築く元になるだろうことを考えると、大切な使命をもらったような気がして武者震いします」

時々、所長はレッスン風景を視察しにやってきた。

「ほほう、こうしてお互い尊重しあっていれば、無駄な戦争はしなくともいいのだが……。エンゲル君、何かこれがもっと大きく広がるように考えてくれないだろうか？」

エンゲルは言った。

「いいアイディアがあります。文化交流をしましょう。幸い所長のおかげでこうして音楽活動も盛んで、楽器調達にもできる限りのご支援をくださったおかげで、モルトリヒトマンドリンオーケストラ、エンゲルオーケストラ、ヤンセン合唱団など沢山できるようになりました。私たちも日本の伝統文化をもっと知りたいのです」

「それはいい考えだ。神社の境内を借りれば、それなりの場ができるでしょう」

バラック内の俘虜による活版印刷屋は、三人がかりで文化祭初演案内のチラシを印刷し始めた。

6

文化祭当日は、雲ひとつない快晴だった。

松江所長のスピーチが始まった。

「みなさん、今日は待ちに待った文化祭をいたします。ドイツさんをお迎えしてもう半年以上が過ぎてしまいました。その間、我々はお互いの異文化に触れ、貴重な体験ができると共に、人間はみな同じであるという発想のもとに友愛をはぐくみ文化交流による平和の礎になる地として、一人でも多くのみなさんと今日という日を分かち合おうと思います」

所長のスピーチを高木大尉はドイツ語に訳して我々に伝える。

「幸い天候に恵まれました。この青い空の下で、我々は敵味方など愚かしいものから解放され、平安を築こうではありませんか。我々には〝お接待〟という風習で、見知らぬ人や心に不幸を抱いている人、たとえ罪人であってもこの四国を訪れる人を無条件で受け入れる伝統が千年以上昔から存在しています。まさにその集大成の幕開けの記念すべき日に拍手を送りましょう」

するとドイツ兵は日本人に、日本人はドイツ兵に拍手を送った。

我々は地域の人を呼んでもらい、シューベルトの『ます』やシュトラウスの『ワルツ』を演奏させてもらった。住民は初めての音色、西洋音楽に驚き引き込まれたようにじっとしていた。

華やかな曲目なんだから、そんなにかしこまらなくてもよさそうなものだが……と、演奏中、心配だったが、終わると芸子さん連中が立って口々に「ほんに、綺麗《きれい》やなぁ！」と言いながら拍手してくれた。住民も満面の笑みでうなずきながら、割れんばかりの拍手をし始めた。所長はエンゲルや僕たち一人ひとりに握手を求めた。

音楽は民族、国境を越えて心で分かりあえる共通の究極言語であると感じた。

何度も辞めてしまいたいと思ったチェロだけれど、今こそ音楽をしていて本当によかったと心の底から思えた。

この世にはいろんな国があり、国家の利益のために生死をかけた戦いを昔から幾度も強いられてきた。そしてそれは、当たり前のごとく今も続けられている。きっと将来も同じことを繰り返すのかもしれない。しかし、今ここにある僕たちの世界はそのような戦争の歴史から見ると奇跡的な出来事であり、実際に僕たちはこれを経験しているのである。

少なくとも、僕たち板東で暮らすことができたドイツ兵俘虜全員、その奇跡とも思われる世界をここに作り上げることに成功したことへの感謝と、お互いの文化を理解し合うことによって、この〝板東の奇跡〟を世界中に適用できるのではないかと考えるようになった。しかし、ここでのことが記憶上のものでしかないならば、この奇跡は単なる歴史の一ページで終わってしまうか、歴史にも残らない忘れ去られる程度の運命となるかもしれない。

神はここに平安を見せたように、自分たちがその経験を伝え、何らかの形で実践していくことができれば、きっとこの世の全てが永遠の平安地になるだろう。僕はいつかこの板東で経験した、『本当の音楽はいかなる意味で存在しえたのか』を僕の中で消化し、生かしていきたいと思う。

僕はあの日嫌だった音楽を、仲間と毎日練習し、数えきれないくらいの曲目を演奏して交流を持った。僕のやるべき世界観を表現するためにも練習に打ち込んだ。このころになると、楽団それぞれが六十名ほどのメンバーを抱えるほどに成長していた。料理の得意なものは料理教室を開き、学術的な講演や日本語、ドイツ語教室も盛んに開かれた。板東では敵国でありながら、ひとりの人間同士として心と時間の深いつながりを持つことができ、収容所には笑いが絶えず、僕たちドイツ人もドイツにいた時よりも数倍有意義な人生を送ることができた。

彼らは野蛮人ではなかった。

神はこのようなところを世界にただ一か所作ったのだろうか。

神が望んだ究極のエルサレムである。僕たちは小さな理想郷をこの板東で作り上げたのだ。ここでの生活はすべてにやりがいがあり、個人の資質は最大限に活《い》かされた。

僕は今さらながら、音楽をこの手にしていた自分を誇りに思い父母に感謝した。

7

やがて休戦条約調印によりドイツ帝国は崩壊、いよいよ解放の知らせが届いた。

僕は嬉《うれ》しい反面、強烈な寂しさも感じていた。ヘルマン・ハンゼン軍曹は、ベートーベンの『交響曲第九番』を、板東の人々に感謝を込めて演奏しようと提案した。彼らと共に心を分かち合った今、最後に演奏する曲は『交響曲第九番』しかないというのだ。もちろん我々も大賛成だ。

「まてよ、あれは混声合唱だよ。男ばかりの合唱なら、もともとの音程から全部書きかえなきゃだめだよ。そんな時間があるかなぁ……」

そう言いだしたのはヤンセンだった。

確かに彼の言う通りだった。

すべての楽器の音程を書きかえる作業は膨大なものだ。また、合唱の方もパートを決めて音程を合わせていかなくてはならない。しかし、この地でいまこそ『交響曲第九番』を演奏しなければ一生心残りなものになってしまうだろう。なんとしてもやらなければならない。誰もがそう思った。

「仕方がない、先にヤンセン合唱団の声の分析をさせてくれ。一番高いパートでどのくらいの音程なのか、それが決まればあとは手分けをして書きかえるしかないんだから、やるべきことはやっていかないと時間がない」

と、ヘルマン軍曹はヤンセンに言った。

「考えてることはみんな同じなんだなあ。よし、そうときまったらどうにかしてみよう。元々は男性ソロとソプラノ、アルト、テノール、バスの男女混声合唱だから、女性がいないとすれば問題は特にソプラノだな……。さすがに去勢されたカストラートはいないし、アルトだってやってみなくちゃ分からないし……。確かに楽譜から書きかえないとまずいな」

ヤンセンは合唱団に言った。

「収容所での最後の出し物に『交響曲第九番』をやることになった。合唱の部分だが、左端からそれぞれ歌いだしのところの声を出していってくれ」

ヤンセンは手際よくアルト、テノール、バスを振り分ける。横でエンゲルも見ていた。

「ソロはヴェグナー、シュテッパン、フレッシュ、コッホにお願いする。あとは、ソプラノがないのとアルトが六十人中の五人か……。やっぱりせめて半オクターブ下げて書きかえる必要があるかな……」

エンゲルは困った。

「そうだな……。人数をアルトに合わせて削るよりも、一人でも多く参加できることに意義があるからな……。でも、そうしたら全部楽譜を書きかえていくには時間が足りない」

「じゃあ、本来のテノールとバスはそのままにして、ソプラノ、アルトあたりをカウンターテノールに変えよう。そうしたら一部の編曲ですむ」

エンゲルも僕たちも連日夜中まで頑張った。

ピアノで音を一つひとつ確かめながら音程を合わせていくのは、途方もない作業である。僕は少しずつできあがった楽譜から練習の責任者となっておかしなところがないかを再確認したり、エンゲルに相談したりして多忙を極めた。

練習中、板東のヴァイオリンの生徒が三人、合唱の生徒が五人参加を希望した。もちろん大歓迎だが、まだ未熟な腕の彼らを特訓する余裕はない。できそうなところをさせてみるのが精いっぱいだった。

エンゲルは地元のヴァイオリンの生徒を叱った。

「そうじゃない！　そこ、ファもラも狂ってる！　もう一度はじめから」

生徒は叱られてもめげることはなく、一生懸命練習に励んだ。

「違う、違う、何度言ったらいいんだ。二列目のオービス、元々の楽譜じゃなく音をずらしているんだからよく見て。太郎《たろう》、またファがずれた。笑うな荘一郎《しょういちろう》。太郎、ファをもう一度。荘一郎、君はシをもう少し高めにおいて……。こらこら、出だしが遅い。このスピードだ」

指揮棒を鳴らしながらエンゲルの特訓は続いた。ヤンセンの方も合唱特訓が続いた。

そんな中、解放一日前に、お互いの文化交流会最終日を迎えた。

板東の人たちは、はじめて「阿波踊《あわおど》り」という地元の踊りを披露してくれた。その
お囃子《はやし》は非常にリズミカルでエキサイティングなものであった。男踊りはエネルギッシュであり、中には「ひょっとこ」といって、顔をゆがめ口をとがらせて観客の笑いを誘いながら踊ったり、「やっこだこ」という舞を取り入れたりとかなり工夫されていた。女踊りは華やかで同じくエネルギッシュで、日本舞踊のしっとりした舞ではない。足を上げる着物の裾《すそ》から白い足首が見え隠れするのがなんとも色っぽいものだった。

踊りの最後は所長も日本兵もドイツ兵も混じってみんなで踊った。簡単だと思っていたが、いざ踊ると格好にならないものだった。手と足を運ぶバランスがよくなかったり、腰の位置が決まらなかったりすると綺麗《きれい》に見えないことがそのうち分かってきた。

「クラウス！　さあ、始めるぞ。最高の演奏をしようぜ！」

仲間が僕にガッツポーズを送ってきた。

低音からはじまる第一楽章は、緊張のあまり少し硬いように思えたが、第二楽章からはほぐれてきて、自然にゆだねるような演奏になり、ハーモニーは板東に住む人の心と我々敵国の異邦人の心を強く解《ほど》けない音の糸に搦《から》め捕っていった。合唱の部分のクライマックスで、板東の生徒も一緒に弾き始めた。

観客席から一緒に声が聞こえてくる。

軍隊のようにこぶしを振って歌おうとしているじいさんもいた。僕は知らぬ間に涙が溢《あふ》れ出し、観客席も涙でかすんで見えなくなってしまった。

涙はどんどん溢れてきたが、恥ずかしいとは思わなかった。

僕だけじゃない、エンゲルだって指揮のヘルマン軍曹だってみんな泣いている。

そうなんだ、僕たちは本当にこの曲を理解したのだ。

いつかこの曲がこの小さな町から世界に向けて演奏される日がきっと来るだろう。その日のために僕は今、大きな使命を担ったつもりで演奏した。

演奏が終わると、割れんばかりの拍手が沸き起こった。そして、僕たちも境内の壇上から駆《か》け下りて住民と抱き合った。住民もみんな泣いていた。

翌朝、解放の日である——。

最後の点呼の後、二列になって収容所の門を出ようとしたその時、僕たちは再び涙がどっと溢れ出てきた。

両脇にエンゲル音楽教室の生徒が並び『蛍《ほたる》の光』を演奏しはじめたのだ。

そして、その後ろには数えきれないほどの地元住民が日本とドイツの小旗を振って我々を送り出してくれていたのだった。

僕たちはその演奏を立ち止まって聴きながら、所長や周囲の人と最後の抱擁や握手を交わした。そして一通りそれが終わると、僕は元気よく『ます』を歌い足を前に出して進み始めた。

仲間もまた歌い始めた。

その歌声を打ち消すがごとく、板東の住民から温かな声援が飛び交っていた。

僕は被《かぶ》っていたドイツ軍の帽子を天高く投げた。

青い空の中、白い帽子はひときわ高く舞い上がった。来た日と同じ太陽が、その帽子を鮮やかに照らした。

8

――クラウスは遠く過ぎ去った板東の日々を思い浮かべながら語った。

ハンナもアルルもローザもエディも同時に叫んだ。

「信じられない！」

アルルは音楽家の興味から、クラウスたちが板東でどんな曲を演奏したのか聞いた。

クラウスは古びた茶色の上着の中から一枚の紙を取り出した。

「僕はいつもお守りに曲目を持って歩いていたんだ。もう紙がボロボロだから引っ張らないで見てくれ」

アルルは読み上げた。ベートーベン『交響曲第一番』から始まっている曲目は、ゆうに三十曲以上もある。

「信じられない、信じられないわ、クラウス」

他の隊員も信じがたい事実に、首を大きく横に振った。

「これは事実なんだ」

ハンナはますます分からなくなった。

「でも先生、今は徳島のある日本とナチスが同盟国なんでしょう。日本は私たちを助けてくれないわ。なぜ？」

「おそらく日本人でもその答えを明確に持ってる人はいないだろう。それに……板東は特別で、他の日本の収容所ではこうじゃなかったらしく、我々板東仲間はドイツではあまりおおっぴらにしゃべることができないんだよ……」

「行ってみたいなあ、クラウス先生。この地獄からみんなで抜け出て小さな梵天《ぼんてん》の国板東へ連れて行ってください」

ハンナは言った。

「そうだ。僕たちは頑張って生き延びよう。行こう！　死んでいった人たちに代わって証人となって、板東から平和を訴えることができる」

レオは興奮気味にみんなを元気づけた。

もちろん、本気で板東へ行けると思っていた者など誰一人いない。けれどもこの場にいる全員の心の拠《よ》り所が必要だったのだ。

「そうだ、それこそ我々にできる特別な使命なんだよ。よかった、みんな元気が出て。夢と希望がなくては生き抜けないからね」

クラウスは、それを聖地巡礼のように思い、嬉《うれ》しそうだった。

「僕はこの話が好きで、よく団員にしてあげるのさ。中にはなんで音楽をやっているんだか分からないやつもいるんだが、この梵天の話で一度に目から鱗《うろこ》さ。僕はね、この体験を通してそれまでの生き方や考え方が一八〇度変わったんだよ。高価なストラディヴァリウスやガルネリウスなんかで高らかに誇らしく弾くことよりも、こうして純粋に音を楽しむことによって言葉や国境、そして戦争も乗り越えられる。そういう音楽の在り方こそ神から人間に授かった唯一の能力じゃないかと思うんだ。文明では決して心は豊かにならない。文明では決して戦争をなくせない。しかし、文化は人の心を豊かにし、戦争をこの世からなくさせるものじゃないかな」

「でも、クラウス。アジアの人に西洋の曲の良さが分かるのかしら？」

アルルは言った。

「いいものはいいだろう。ルビーを見て赤く美しいと思うことはどこの国でも同じことさ。ましてや流行歌ではないんだから、この美しい旋律は我々の胸の中にもアジアの人たちの胸の中にも抵抗なく入っていくよ。まるで太陽の光が人々を分け隔てることなく照らしているのと同じようにね」

クラウスは一口ウイスキーを飲んだ。そして少し顔を赤くしながら続けた。

「僕はソリストとして人を押しのけてしのぎを削っていたんだが、ここで音楽の本当のありがたさが分かったんだ。人との調和と異国の人たちとの言葉の壁を乗り越えて心の交流が持てる文化を自分が持っていたことに気付かされたんだよ。僕にはこのチェロと、ダンから教えてもらったギターがある。それがアウシュヴィッツに乗り込む勇気にもなったんだ」

「あなたのおっしゃる通りのようね。私たちが奇跡的にこうして生きていられるのも何よりも強い武器を持ってたからなのね」

「反省会は終わりにしよう。君たち、これだけは言っておく。とにかく今は自分のことだけでいい。自分が生き延びるためだけでいい。あとは考えるな。音の世界に引きこもるんだ。曲と環境を結びつけないで。そうすることが自分の精神を守ることになる。こんな馬鹿なことがいつまでも続くわけはないんだから、僕たちがここでやってきたことや見てきたことすべてが、ここから出た時には役に立つことになるだろうから」

「そうよ、その通りよ。心はつぶって目はつぶらないでしっかり見ておくべきね。それが私たち生かされている者の役目ね」

　アルルも言った。

第四章　クラウスとハンナ

1

次の日も、そして次の日も変わらない日が続いた。

朝は労働者を送り、すぐに駅に向かって一日に何度となく送り込まれる人たちを出迎え、昼からは火葬場での悲鳴を消すためのワルツを奏で、夕方は労働者に門をくぐらせ、夜は親衛隊やカポのための出張演奏や楽譜書き、練習などで忙しかった。

忙しければ忙しいほど色々なことを考えず、指の作業のみの機械的なものになっていったので生きていきやすくなった。泣いていたローザもハンナもみんな、生きていくのが日々うまくなっていった。

そして、アルルは久々にマリーを見舞うために医務ブロックへ行った。

チフスを免れたマリーはそろそろ快方に向かっていてもいいはずで、マリーが戻ってきてからの練習についてアルルは思いを馳《は》せていた。

ところが病室に患者は誰もいなくて、ただ黒く汚れたシーツのみがベッドの上に残されていた。アルルはしまったと思い、慌ててマリーの名を叫んだ。マリーのことを頼んでおいた女医が病室に来たので、走って行って女医の白衣をつかんだ。

「先生、マリーはどうしたの？　どこへやったの？」

女医はもう誰も病室に残っていないか確認するために入ってきたのだったが、ふいのことにたじろいで言った。

「マリー？　ああ、ヴァイオリン弾きのマリーのことね。彼女はすっかりよくなったわ。でも、ドクターからの命令で、今から全員ガス室送りになるのよ。車に乗り込んでいるところだわ」

アルルの顔はみるみる真っ青になった。女医の白衣を離すと、指さす方向へ走って行った。

裏戸から全裸の女性の病人たちが荷台に乗り込んでいる最中だった。

ガス室に行くとは知らされていないはずなのに、みんな自分の運命を知って絶望した顔をしていた。

アルルは力の限り叫んだ。

「マリーっ！」

マリーが振り返った。

運よくちょうどトラックの手すりに手をかけ、上がろうとしているところだった。

マリーの顔は涙で無造作に伸びた髪がくっついていて、本当にマリーだろうかと思うほどであった。マリーは手すりから手を離すと、カポの一人が肉の殺《そ》げ落ちたマリーの臀部《でんぶ》を上に押し上げた。

「ちょっと待って、マリーは治っているのよっ」

そう言って、アルルは走っていってカポを突き飛ばした。

「ドクター、あなたって人はっ……。私は今後一切、あなたのために何も奏でないわ。それでよろしいかしら。マリーを返すのよっ」

裸のマリーは、アルルの背にしがみついて震えて泣いた。

アルルはマリーの体を両手で隠した。

「運のいいやつだ」

医師は一言言い放つ。マリーは助かったことを知った。

助かった者がいることに、裸の女たちの泣き声はさらに強くなった。

アルルはそれを振り切るようにマリーの肩を抱き、全速力でその場から立ち去った。

体力のないマリーに酷ではあったが、そうでもしなければ助けてあげられなかった女たちの恨みの念を振り切ることはできなかった。

2

ふと、音が聞こえる。

アルルは音のする方を見ると、男性楽団がヨハン・シュトラウス二世の『フランツ・ヨーゼフ一世万歳行進曲』を演奏していた。ガス室行きのトラックから聞こえてくる叫び声を消す目的で、トランペット隊まで繰り出していた。

アルルはマリーをその場に座らせると、指揮のクラウスのところへ走って行った。

音は近くにあったが、走ると意外と遠かった。それでも彼女は走った。途中で靴を脱ぎ捨て、ありったけの声で叫びながら走った。

その声に気付いたクラウスは、レオに指揮を代わって彼女の走り込んで来る方に歩いた。

「もう、やめて、こんな曲。やめてっ！」

アルルはつまずいて転んだ。その場の土を右手で握り捨てながら泣き伏した。

「もう、そんな曲弾かないで。お願いよ……」

「アルル、どうしたんだ。いつも冷静な君が取り乱すなんて」

膝《ひざ》をついてクラウスの胸を、アルルは土のついた手で泣きながら叩《たた》いた。

「私はたった今、みんなを見殺しにしてきたわ！　助けてあげられる立場だったかもしれないのにっ。どうしようもできなかった……！」

そう叫ぶと泣き崩れた。

クラウスは何メートルか向こうの草むらで、裸のまま小さくなって震えながら泣いているマリーの姿を見た。そして、何があったのかすべてを悟った。

クラウスは楽団の方に向き直ると左手を挙げた。中止の合図だった。

レオはタクトを左右に振って、曲の途中で中止させた。

この小さな一人の女性の胸の内にはどれほどの悲しみを乗り越える力があったのだろう。それが今、こうして音をたてて崩れ去ろうとしている。

クラウスはアルルを強く抱きしめてやった。

「そうだ、これを早く彼女に」

クラウスは演奏用の背広を脱ぐと、アルルに渡した。

この事件の悲惨さは筆舌に尽くしがたいものであった。

七千人にものぼる女性患者は二つのバラックにすし詰めにされ、約二週間もの間泣きわめきながら、半狂乱になりガス室送りを待たされていた。

ガス室への輸送も二日がかりであり、昼も夜も輸送トラックのエンジン音と助けを叫ぶ声とがアウシュヴィッツの空に煙と共に舞い上がっていったのだった。

それ以来、アルルは音楽の世界にますます逃げ込むようになった。

一日中働き、夜中は夢遊病患者のように楽譜を探したり編曲をして寝ない日々が続いた。

まるで何かに取りつかれたようであった。練習もハンナが来る前のアルルの厳しさになり、気に入らないと何度も何度もやり直しを強いた。

彼女は深く傷つき、毎日を音の世界で散歩しているような、現実が分からないうつろな目をしていた。

ある日、アルルが朝の練習に出てこないので、変に思ったハンナは部屋を訪ねた。

ベッドに横たわったアルルの体はすこぶる熱かった。

ハンナは仲間を呼び病棟まで運んで行ったが、そのまま意識がなくなり絶命してしまった。

彼女はナチス親衛隊にも尊敬をされ、決して屈することなく音楽に助けられ気高く人生を終えた。

「指揮棒に、これを結んでもいいかしら？」

マリーは、手のひらでくしゃくしゃになった布切れのようなものを差し出した。色褪《あ》せたそれはリボンのようで、マリーが隠し持っていたもののようだった。

「こんなことくらいしか、できることがなくて……」

アルルに一番厳しく当たられていたのはマリーだった。

体を張って守ってもらったこともあるため、憎しみからそうされているのではないと分かってはいたが、それにしても厳しすぎると誰もが思ったことがある位に、アルルの当たりはいつもきつかった。

それでもマリーは、彼女が自分にとりわけ厳しいのは、急いで腕を上げなければ、いつでもガス室に送り込まれる運命だということを、アルルが案じてくれていたことをよく分かっていた。

アルル・ビゼーの指揮棒には、マリーの手によって喪章《もしょう》が結ばれた。

3

それからはクラウスが女性団員も含めて総指揮をとるようになった。

そして……、ある日より列車の到着がなく、火葬場の煙も立たなくなった。

収容所の外では、何かしらの変化が起きているに違いないと感じていた矢先のこと、楽団員は正装をして演奏会の準備をするように命令が下った。

しばらくして火葬場の中庭に案内されると、そこには火葬部隊で働かされていた囚人たちが集められていた。

長年にわたり仲間をガス室へ追いやり、死んで出てきた者の歯から金歯を抜き取り髪を剃《そ》り、次々に炎の中へ投げ入れる作業をしてきた彼らの口封じのために、彼らが同じ道をたどる日が来たのだ。

彼らは自分たちがこの世で聴く最後の音楽であることを知っていた。

一時間ばかり彼らのために演奏をすると、代表のB５４６７８番はクラウスや音楽隊全員に握手をしていった。

続く火葬部隊はすすり泣きをしながらも、握手の時に口元だけは満面の笑みをたたえていた。今生の別れとばかりに強く強く音楽隊の一人ひとりの手のひらを握りしめた。

音楽隊は言い返す言葉も見当たらず、黙って肩を抱いてうなずいた。

「クラウスさん、みなさん、今までありがとうございました。我々はあなたがたの演奏でずいぶん気が紛れました。これらはもう、我々が持っていても仕方がない。さ、親衛隊が来る前に早くこれを……」

自分たちにはもう無用の物だからと、遺体からせしめた物を贈り物として楽団員に渡した。

盗品だと分かると、受け取るのには気が引けたが、これはこれで彼らなりの誠意なのだと思うと、断る理由はなかった。

音楽隊は自分たちの奏でた音楽が初めて同じ囚人の立場の人の心を癒《いや》していたこともあったのだと思うと、熱くこみ上げてくるものがあった。

その夕方、所長は自らふらふらと音楽室に立ち寄った。

所長は酒に酔い、クラウスに言った。

「殺人という仕事は終わった。音楽を聴こう」

所長の望むまま、『アヴェ・マリア』を音楽隊全員で演奏した。

彼の頬に、やがて大粒の涙が伝い、所長はそれを手で覆った。

その様子を見ながら、クラウスはもうこれで終わったんだ、自由なんだと思うと同時に、この地獄の主《ぬし》も自ら作り上げた地獄からの解放を待っていたのではないかと思えた。


それから間もなく収容所の撤収が始まった。

音楽隊の仲間もばらばらに呼び出され、仲間とは二度と会うことはなく、その日のうちにさまざまな運命が新たに定められていった。

いつの日にか、解放されることより仲間が離れてしまうことに恐れを抱くようになっていた。音楽隊員同士には長い間特別な環境下で命の危険を背に、悲しみも苦しみも乗り越えてきた絆《きずな》があった。それが無残にも一人ひとり知らぬ間に消えて行くのだった。

クラウスは所長室に乗り込んだ。

「音楽隊の連中をどこに移送しようとするんだ。ここを撤退するとはいえ、知らない間にいなくなるとはどういうことだ！」

「クラウス君、君はよくやってくれた。ナチスのためによく働いてくれたことを感謝する。君も明日《あした》、ベルリンに帰りたまえ。部下に途中まで送らせるが、ベルリンもどうなっているのか……」

「ナチスのために働いたのではない。僕は少なくとも指揮者だから彼らを見届けたいのだ。僕を最後まで残して欲しいのと、彼らの行き先を教えて欲しい」

「そうはいかない、クラウス君。明日の早朝には出発だ。君の明日までの身柄はこちらで預かる」

所長は葉巻をくわえながら、親衛隊に連れて行くようあごで合図をした。

「なんだって……やめてくれ、どういうことなんだ！」

クラウスは親衛隊に両脇を抱えられ引きずられていくと独房に入れられた。

翌朝、連れてこられた時と同じ黒い大きな車がクラウスを待っていた。

クラウスは所長と親衛隊に見守られながら、アウシュヴィッツの門をくぐって行った。

楽団員の行く末に胸を痛めながら……。

4

ドイツ兵撤退により、証拠湮滅《いんめつ》を図るために施設の一部は取り壊されていった。エディ、マリー、ローザたちはどうなったか分からない。レオとハンナはそこからさらに遠く、ドイツ北部のベルゲン＝ベルゼン強制収容所へと移された。

ここはアウシュヴィッツの比ではなかった。

火葬場がないため、死亡した人たちは放置されたままであり、パンもなく医務室もなくバラックには屋根もなく雨にさらされ、これが生き延びるためにはわずかでも必要な水となった。死にもっとも近い場所と言っても過言ではない。

あと数日で解放という日を知らず、多くの仲間が脱水症状で死んでいった。

ハンナは薄れていく記憶の中でレオを探していた。

姉さんとかつて話をしていた恋のかけひき……。

華やかな宮殿ではないが、アウシュヴィッツでも充分にモーツァルトの恋のかけひきが理解できたような気がした。

『ヴァイオリン協奏曲第三番』が脳裏に流れた。

同じ曲を奏でる時の心地よさ、ミストレス席で合図を送る時のうれしさ、そんな普通の女の子が持つ心の日々もあったことを思い出しながら、その思いも自然と白い霞《かすみ》の中へと消えていくようだった。

ふと夢から醒《さ》め、また夢に堕《お》ちる。

不思議と毎回夢に出てくるのは、両親でも誰でもない、レオの姿だった。

「生存者はいるかーっ！」

突然、数名の男の大声が聞こえてきた。

霞の中の声はだんだん近づいてきて、すぐ近くではっきりと聞こえた。

ハンナはふとわれに返ったように目を開けた。

体を動かそうとしてももうピクリとも動かない。ハンナはついに殺されるんだと思ったが、このときばかりは死を恐れず、もう楽になりたかった。

早く殺して欲しいと思い、目を開き目玉のみ動かしてみた。

声を出そうにも、のどが渇ききって声も出なかった。

近くで聞こえる声がドイツ語ではないことに気がついて、誰かが助けに来てくれたのかと思ったが、すでにそれを受け入れる力すらなかった。

「生きてるぞー！」

目を開けたり閉じたりしているハンナを見つけ、男が誰かに叫んでいた。

男はハンナを抱き、水を口の中へ注ぎ入れてくれようとしたが、無残にも飲む力さえ残っていなかったため、すべて口の端から流れ落ちてしまった。

ただ水の冷たさのみ感じ、それだけで生き返った気がしていた。男は自分の口に水を含むとハンナの口を封じ、少しずつ少しずつ流し込んでいった。

三回ほどそれを繰り返してくれた時、ハンナのうつろな目にイギリス兵のヘルメットが映った。

「神様……」

ハンナの目の端から一筋の涙が頰を伝った。

イギリス兵は喜び、しきりに助かったと繰り返しながら、今度はもう少しハンナの体を起こして背を膝《ひざ》で支えてきた。

自分の水筒のキャップを口で開けハンナの口に注ぎ入れるのをハンナは夢中で飲み込んだ。飲みすぎてむせ、体が動くまで回復した。

そしてそのまま兵隊に担がれ、気付けば病室で点滴を受けていた。

5

「君はもう、自由なんだよ」

アメリカ人医師が来てひとこと言った。

喜びと共に強い悲しみがハンナを襲った。父も母も姉もなく、弟も祖父母もどうなったか分からない。一人ぼっちであった。

点滴を受けながらベッド上で大声で泣いた。これからどこでどう生きていけばいいのか分からなかった。

「君、名前はなんていうんだい?」

何か聞いているようだが、言葉がはっきり分からなかった。しかし、名前を聞いているのかと予想して答えた。

「ハンナ。ハンナ・ヤンセン。クラウスさん、ビュルガー・クラウスを知りませんか?」

医師は何かを書き留めるとベッドから去った。

二日ほどしてクラウス夫婦がハンナの病室を訪れた。ミイラのようにやせ細ったハンナを見て、クラウス夫人は泣き崩れた。

「どんなに大変な思いをしたことでしょう。何もかも主人から聞いたわ。こんな小さな体で……。よく頑張ったわね」

食事が食べられるようになるまで、クラウス夫婦は毎日ベッドサイドにいてくれた。

そして、ハンナは再びクラウス家に引き取られることになった。

ところが、クラウス家には一家の思い出がありすぎた。

アンドリューの小さなヴァイオリンを見た時、ハンナは無意識に家の外へ飛び出してしまった。

音楽が聞こえてくると耳を塞《ふさ》ぎ大声をあげた。ヴァイオリンも無事届けられたが、二度と蓋《ふた》を開けようとはしなかった。

明らかに精神が破綻《はたん》した状態だった。

クラウス夫人はカーテンや台所の絨毯《じゅうたん》、家具の位置など目につく物はすべてハンナのために変えてみた。しかし、ハンナは門のところから頭をかきむしり、大声をあげ立ちすくんでしまった。

ハンナが恐怖に囚《とら》われると、クラウス夫人はハンナを強く抱きしめた。

「黒い車が来る。私を捕まえに来る」

ハンナは夫人の腕の中で震えながらうわごとのように繰り返す。

「ハ、ハンナっ」

夫人はハンナの様子にただうろたえた。クラウスは怖がるハンナを夫人に代わり、抱きしめた。

「もう誰も僕たちを捕まえに来やしないんだよ。ハンナ、すべては終わったんだ」

クラウスは近くのアパートの二階を借り、ハンナの部屋に充てた。

ピンク色のレースのカーテンを取り付け、できる限り暖色系の明るい色にコーディネートしてやった。そして、入り口の廊下の片隅にハンナのヴァイオリンケースを置いた。

ハンナの新しい生活が始まった。

普通の生活を取り戻してやろうと思い、夫人はハンナを町へ買い物に誘った。

町に出ると音楽があちこちの店から流れてきた。ハンナはだんだん青ざめ、吐き気やめまいをもよおし倒れてしまった。危機感を感じ取った夫人は、精神科医のところへハンナを連れて行った。

担当の医師は、ハンナとクラウス夫人を診察室に通した。

夫人に診察室の端の椅子で待っていてもらい、医師とハンナの面談を見ているように指示をした。そうすることによって、保護者が患者からの重要となる情報を知ることができると考えていたからだ。

医師は通りいっぺんの診察を終え、蓄音機を持ち出した。

「ハンナ、君はクラウス夫人の証言からすると、音の恐怖症にかかっているのだろうと思う。長期にわたり君は特別な体験をしてきた。その日々の緊張から急に解放されたので、かえって自律神経が失調したようだ。しかし、心配しなくていい。いつか必ず自分を取り戻すことができるだろう。これから君が不快に感じる音を見つけるために蓄音機を鳴らしてみる。気分が悪いと思ったら右手を挙げてくれ」

鳥のさえずり、川のせせらぎ、車の騒音……。

ハンナは一瞬にして吐き気を催し右手を挙げた。

子供たちの遊ぶ声、ヨハン・シュトラウス二世の『春の声』……。

ハンナは耳をふさぎ大声をあげ、椅子から立ち上がると診察室の片隅にいるクラウス夫人のところへ走り、ひざに顔をうずめて泣きだした。

夫人はこの様子に顔をゆっくり左右に振り、口を震わせハンナを抱きしめて髪を撫《な》でてやった。

「先生、思春期だったこの子は、私たちの想像を超える苦しみを経験してしまったのね。私たちドイツ人はこれからどうやってこのような人たちに報いていけばよいでしょうか」

「難しい話ですな、夫人。我々は歴史に目を伏せてしまう。そういう意味では我々も精神を病んでしまっている。目を伏せない努力と、そして二度とこういうことが起きないように一人ひとりが人間性を高めるべきなんだ。我々ドイツ人はきっとそれができるはずだよ。いや、ドイツ人だけじゃない。このことを世界中の人々が知り考える機会ができれば、人間は馬鹿じゃないんだから、どうするべきかきっと世界が平和を考えるようになる」

ドイツ人であることに胸を痛めていたのは、医師も同じだった。

「そのために、僕らはナチスが行ったホロコーストに目をつぶらないで暴く必要があるんだ。ただ僕のところへ来るユダヤ人、ポーランド人はそのことについて多くを語ろうとしない。時間が必要だ。今すぐには何もよくならない。僕ができることは、とにかく目の前のハンナを治療してやることしかないんだよ」

クラウス夫人はハンナを抱きしめたまま、涙を流しながら深く何度も頷《うなず》いた。

「ええ、ええ、その通りですわ、先生。ハンナをきっと治してみせますとも……」

6

しかし、ハンナを快方へ導くためのこれといった手がかりもないまま、日々が過ぎていった。

ハンナは相変わらず窓とカーテンを朝から閉めたまま、音のない部屋で一日を暮らした。夫人は毎日食事を届けながら、今までのことにまったく関係ない週刊誌を持ってきては読み聞かせてやった。

医師のところへは耳栓をしながら毎日通った。

特になんてことのないたわいない話をして診察を終えるだけだ。

閉じこもり生活が二か月ほど過ぎ、やっとハンナには安堵《あんど》感が出てきたのか、夫人が訪ねてきた時ハンナは目を輝かせて言った。

「クラウス先生、朝になるととってもいい匂いがするの」

「ええ、そうね、ハンナ。近くにパン工房があるのよ。焼きたてのいい匂いがするの。明日《あした》、一緒に行ってみない？　すぐ近くよ」

夫人は嬉《うれ》し涙を浮かべた。さっそく家に帰って医師に電話をした。

「そうですか、やっとハンナの心が外に向き始めましたか。とりあえずはまだ耳栓をした状態でパン工房まで行ってみてください」

電話越しではあるが、医師も嬉《うれ》しそうだった。

「分かりました。またご連絡させていただきます」

翌朝、早くからハンナと夫人はパン工房に出かけた。

通りを一つ挟んだ向かい側にある工房からは、小麦の焼けた香りやバターの香り、甘いジャムの匂いなどがそこらじゅうに立ち込めていた。工房のおじさんは窯《かま》からパンを引き出し、一個紙にくるんでハンナに渡してやった。

「ほら、焼き立てだ。お嬢ちゃん、やけどに気をつけてな」

「パンってこんなに熱くて柔らかいものだったんですね。いい匂い」

ハンナは一口かじってみた。

「わあ、おいしい、おじさん。これ五つ買って帰っていいですか？　クラウス先生」

「ハンナが欲しいだけいいのよ。うちも五個いただいて帰るわ」

「あいよ、合わせて十個だ。またいつでもおいでよ、お嬢ちゃん」

「ありがとう、おじさん」

ハンナはにっこり笑った。

バターパンを五個買って部屋に戻った。夫人はハンナの部屋に入るとピンク色のカーテンの端を結び、少しだけ窓を開けてやった。

「ハンナ、ほら窓のところへおいでなさい。まだパン屋さんのいい匂いがここまで漂っているわ。この時間帯に窓を開けるといい匂いが楽しめるのよ」

ハンナは恐る恐る窓のところまでくると大きく息を吸った。やわらかな春風と共に、甘くこげた匂いが窓の中に入ってきた。

その日からハンナは、朝八時になると窓を少し開けてみるようになった。

ある日、バターパンをかじりながら少し開けた窓から通りを眺めていると、白い鳩が一羽、窓枠に止まりハンナの方を見た。

「クルックルー、クルックルー」

と、しきりに喉《のど》を鳴らしはじめる。

パンを少しちぎると手のひらに乗せてみた。鳩は首をちょいと伸ばしてパンのかけらをついばむと、バタバタと飛び立っていった。

その日から毎日八時過ぎに白い鳩がやって来るようになった。

ハンナは白い鳩に〝クルック〟と名付けた。

「お前の名はクルック。また明日おいで。パンを買っておいてあげるね」

クルックは彼女の閉ざされた心の窓を大きく開けさせるきっかけとなっていった。クルックと共に、外から聞こえてくる車の音を気にしなくなっていった。クルックのためにパン屋へ行くことも、いつの間にかハンナ一人でできるようになり、耳栓もしなくなった。

「先生、ハンナは毎日来る鳩のお友達ができて、おかげで鳩のパンのために一人で出かけられるようになっていきましたのよ」

クラウス夫人はずいぶん喜んで、医師に電話で報告した。

「そうですか、それはよかった。でも、まったく予断は許しません。もうすこし様子を見てみましょう」

しかし、耳栓をはずしたまま町に連れ出すと、音楽はまだ受け付けることができず、流れてくるレコードの音に耳をふさぎ、通りの真ん中でしゃがみ込んでしまうハンナだった。

この件について、彼女自身もこんなことではいけないと焦っていた。しかし、焦っていても体がそれを受け付けようとしなかった。

ある日、ハンナは思い切ってコンサートに出かけることを自ら希望した。ショック療法で立ち直るかもしれないと思ったのだ。

「ダメだ。焦る必要はない。鳩と出会った時のように、何かのきっかけがまた君に訪れるだろうから……」

医師は首を縦に振らなかったが、自分の状態をなんとかしなければと思ったハンナは、医師の言うことを聞かずコンサートに出かけていった。

最後部座席を選んで、あまり楽団を見なくて済むような所に座った。

モーツァルトの『アイネ・クライネ・ナハトムジーク』が始まった。ハンナは耳栓をつけていたが、かすかに耳栓の間から音が漏れてくるために、なんの曲を演奏しているのかは分かった。まるで遠く別世界の出来事のように演奏者がセピア色に映っている。

二曲目に演奏されたのは、バッハの『G線上のアリア』だった。母親が好きだった曲だと気づいて、ハンナはそっと耳栓を浮かせてみた。音はハンナに近づき、自然と涙が出てきた。

——聴けている。

音楽が聴けている。目を閉じて音の調べを感じることができた。

耳栓を取り除く勇気はなかったが、目を閉じて音を感じながら、幸せだった幼い日々を思った。そして、何の手がかりもないアンドリューのことを思った。アンドリューもおじいさんも、きっとすでに亡くなっているのだろうことは分かっている。周りの人々も知っていながらハンナになにも教えないということも。けれども予期している決定的な結果を聞きたくなくて、自分から誰にも聞くことができずにいた。

軽く浮かせていた左の耳栓がポロリと床に落ち、突然大きな音で『ラデツキー行進曲』が聴こえた。

ハンナは耳を押さえて大声で叫ぶと、そのまま失神してしまった。

会場はこのハプニングに騒然となり、コンサートは中止となった。ハンナは救急車で病院へ搬送されると、病院にはクラウス夫婦と担当医師がかけつけた。強い鎮静剤を一筒打たれ、ハンナは寝ていた。

7

それ以来ハンナは、医師のところへ診察に行くこともなくなり、パン屋にも行かず、再び窓はかたく閉じられてしまった。

ハンナは髪も梳《す》かず夢遊病患者のように寝巻きのまま一日中小さな部屋を徘徊《はいかい》していた。クラウス夫人が食事を運んできても、取りつく島もなく話ができないまま帰らなければならなかった。ハンナの心は完全に閉ざされてしまった。

「クラウス夫人、このままではハンナはどんどん悪くなっていく。申し訳ないが、昼食の中にこの薬を混ぜていただきたい。その一時間後にハンナの部屋の鍵《かぎ》を開けてください」

医師は、クラウス夫人の作る食べ物の中に向精神剤を粉にして混ぜ込むよう言って薬を渡した。

「分かりましたわ。先生にすべてをお任せします」

ハンナは食後うつろな目になり、足もとがふらつくためにベッドに横になっていた。テープレコーダーを持った医師は、クラウス夫婦と共にハンナの部屋を静かに訪れた。医師はコンサートでの彼女の様子の証言をもとに、『G線上のアリア』をテープに収録していて、ハンナの枕元に近づくと小さな音で曲を鳴らし始めた。

クラウス夫婦はその様子を見守っていた。

ハンナの目のふちから、一筋の涙が頬を伝った。

医師の顔はハンナのすぐ横にあり、彼女の顔の小さな動きを観察していた。ハンナは目を閉じたまま、医師に語り始めた。

「先生、先生ごめんなさい。私、どう生きていけばいいのか分からないの。私はあの時みんなと一緒に死んでしまっていたほうがよかった」

「ハンナ……」

クラウス夫婦はそれを聞いて、ハンカチで目頭を押さえた。

「ハンナの言うことはよく分かる。ハンナだけがこうなってるんじゃないんだよ。君は生かされてるんだ。君のするべきことはあるんだよ」

医師はハンナの胸をやさしくトントン叩《たた》いてやりながら言った。

ハンナは薬のせいで、その声が遠く天から聞こえてくるような気がした。

「今日はゆっくり寝て、明日《あした》アウシュヴィッツへみんなで行こう。そこは君の心の原点だから。もう一度原点に帰って心の奥を見つめよう。そこから生まれるものはきっとある」

「……神様、怖い……」

「怖いものですか。みんなで一緒に行くのよ」

クラウス夫人はハンナの側に座り、額と髪を撫《な》でつけながら言った。

ハンナの頬にまた涙が伝った。ハンナは目を閉じたまま小さく頷《うなず》いた。

ハンナは久々にぐっすりと寝入り、何かすっきりした気分で朝を迎えた。

今までカーテンで日光を遮っていたのに、その日はカーテンが外されていたために、太陽の光がハンナの顔を直接照らし、眩《まぶ》しさに起き上がった。

誰かが耳元で「アウシュヴィッツに帰ろう」と言っていたような気もした。なぜ自分がそう思ったのか、考えてみてもよく分からなかった。が、なぜか不思議と恐怖心はなく、むしろ少し行ってみたい気分に駆られた。

しばらくすると、クラウス夫婦が部屋にやってきた。

「クラウス先生、私知らない間に寝てしまったようなんです。その時、夢を見たような……。誰かがアウシュヴィッツに帰ろうって……お母さんが呼んだような……」

「一緒に行くわ、ハンナ。みんな一緒に」

「ハンナ、ヴァイオリンを持っていくんだ。君がアウシュヴィッツに降り立ったあの日のように、背負ってね」

8

クラウス夫婦と医師とハンナは、こうしてアウシュヴィッツの地に立った。

強制収容所の門に掲げられていた〝労働は自由への道〟という看板は空々しく天を仰ぎ、音楽室のあったブロックも木のバラックも取り壊され、石のブロックの一部が地盤と共に残っていた。

使われなくなった線路は茶色に錆《さ》び、その両端から雑草が生え、それを覆い隠していた。

何十万という人たちが労働のために歩いた道はなく、ただ荒涼とした大地には一面に色とりどりのポピーの花が咲き乱れていて、時折吹く初夏の風に花が揺れていた。

空を灰色に覆っていた煙もなく、その代わりに白い雲と水色の空があった。

その空に取り残されたかのように、かつて数えきれない人たちを焼きつくした煙突のみがポツンと突き出ていた。

ハンナはその風景をじっと立ちすくむように見ていた。

そこで暮らした風景がどんなものであったのか思い出せなかった。その時からこんなにポピーの花が咲いていたのだろうか。生きることに精いっぱいで、周囲の自然の景色を見ることはなかったように思えた。バラックの黒茶色、人々の汚れた囚人服、空は淀《よど》んだ煙……その風景の中に、どうしても赤や黄色といった目にあざやかな色彩はなかったように思う。

だとすると、この一面のポピーは誰かが種を蒔《ま》き育てたのだろうか。

ハンナは妙に心が落ち着いた。

もう深い憎しみも悲しみも、不思議と感じられなかった。

クラウスは門が見えるアウシュヴィッツのポピーの野の中へ歩み、小さな岩を見つけるとそこに座ってチェロを取り出した。

そして、『アヴェ・マリア』を静かに弾き、ハンナを誘うようにやさしく歌いはじめた。

ハンナははっとした。

この山のようなポピーは、殺されていった人たちの御霊《みたま》に違いない。

この花の中に父も母もアンドリューも祖父もいて私を励ましている。私はあなたたちを嘲《あざけ》るように見送ったわけではない。今こそ、この山のような人たちの御霊を安心して天に送り届けることが私の役目かもしれない。

音楽と共に生きた誇り高きアルル。クラウスの話してくれた〝板東の奇跡〟のこと。自分の奏でる『アヴェ・マリア』で涙を流した殺人鬼ハンス。エディ、マリー、ローザ、そしてレオ……。仲間の顔が走馬灯のように巡り、自分はここにいてそうして生還できたことすべてに、どうしようもないくらいの感謝でいっぱいになった。

私にはまだまだやるべきことがここにある。

ハンナは慌ててヴァイオリンを取り出すと、クラウスのもとへ歩み寄り、チェロの横で『アヴェ・マリア』を一緒に弾き始めた。

クラウス夫人の目からは大粒の涙が止めどなく溢《あふ》れだした。

「あぁ、……あの子がヴァイオリンを持ったわ、先生」

その言葉に医師は微笑みながら力強く頷《うなず》いた。

「治療はこれで終わった。我々もまたナチスに勝ったんだ」

9

それからというものは、毎日ハンナとクラウスはポピーの野で夕暮れ近く、そう、かつてそうだったように強制労働を終えて帰ってくる頃まで『アヴェ・マリア』を弾き続けた。

その音色は風に乗って遠くの民家にまで聞こえることがあった。

やがて何年も続けるうちに人々の噂になりはじめ、かつての音楽隊で生き残った者が一人、二人と集まり、いつしか十人の仲間がポピーの野の真ん中で演奏をするようになった。

その仲間に、エディとレオもいた。

レオはあのあと同じようにイギリス兵に助けられて、すべてを忘れるために自由の国アメリカへ渡った。そして、名前もアメリカ風に改名していた。

十人の『アヴェ・マリア』の演奏は、アウシュヴィッツを訪れる人たちの耳に留まった。

やがて、ホロコーストを生き延びた音楽隊のニュースが大きく広まり、演奏公演を依頼されるようになった。

ハンナは再びレオに助けられ、一緒に音楽を介して愛し合う者同士歩み始めた。演奏の最後にハンナは必ずプニャーニの『ラルゴ・エスプレッシーボ』を弾いた。

その音色はかつてあった家族を切なく甘く思い出させた。

またポピーの咲き乱れる季節になったある日のことだった。

いつものように『アヴェ・マリア』を演奏した後に弾く『ラルゴ・エスプレッシーボ』をハンナが弾こうとしなかった。

「ハンナ？」

レオはハンナを見た。

小椅子に座って弾いていたハンナは、いつまでもヴァイオリンを肩に挟んだまま動こうとしなかった。

ハンナの顔は天の使命をまっとうしたように満ち足りた微笑みでいっぱいだった。アウシュヴィッツで犠牲になった人たちすべてに鎮魂曲を送り届けたのだ。

「ハンナ、ハンナ。君はまだラルゴを弾き終えていないじゃないかっ。まだみんなで板東に行く夢を果たしていないじゃないかっ!」

レオの顔はあふれる涙と鼻水でくしゃくしゃになった。

泣きながら、そっとハンナの肩からヴァイオリンを下ろしてやった。

そして、その毎日弾かれたハンナのヴァイオリンは、〝アヴェ・マリア・ヴァイオリン〟と称され、レオが博物館へ寄贈したのだった。

第五章　カルザスとレオ

1

『――これが、この〝アヴェ・マリア・ヴァイオリン〟のすべてさ』

まるで、何かしらの使命を終えたようにカルザスさんは言い終えた。

私と清原さんは、しばらく放心状態にいた。

このヴァイオリンに楽しい物語があるなどとは思っていなかったけれど、想像以上に壮絶なお話だったからだ。

「あっ」

清原さんは叫び、〝アヴェ・マリア・ヴァイオリン〟のエッフェの中をペンライトで照らしてみた。

しかし、奥の方には光が届かなかった。

カルザスさんの話が確かなら、必ずヴァイオリンの奥にはハンナの母親の手紙が入っているはずだと言い、清原さんは会場の人に頼んで長い針金を借りてそっと引き上げた。

やはり、まぎれもないハンナの母の手紙が出てきた。

その手紙の表には涙の落ちた跡があり、裏には母親の指紋のような血痕《けっこん》が赤黒く付着していた。

今にも破れそうなほど風化していたので、保存するためにそのまま開くことなく、アウシュヴィッツ博物館に贈ることになった。

もう、〝アヴェ・マリア・ヴァイオリン〟は二重音に響くことはなかった。


「ハンナさんとレオさんはお互いに好きだったのに、どうして結婚しなかったの？」

『アスカの言うとおりだねぇ。君もいつか分かる年頃が来ると思うがね。結婚しないことによってなお一層、音の世界に深く結びつけられるということがあるんだよ』

カルザスさんは笑いながら答えた。

『君たち日本人のことを、アメリカの詩人ホイットマンが〝梵天《ぼんてん》の民〟だと言ったのさ。梵天の民は気高く、勇気と慈愛に満ちた美しい精神を持つ人たちなんだ。音楽は我々を邪悪な心から救い、これらの美しい精神を宿すことのできる神様からのプレゼントだと思っている。ぼくがカーネギーホールで見た子供たちのヴァイオリンの先生は、ドイツ人の夫人の協力のもとに世界中で何十万という梵天の子供たちを育てているんだ。面白いだろ？』

ヒトラーという一人のドイツ人が地獄を作り、かたや一人のドイツ人女性と日本人が梵天の子供たちを生み続けているとカルザスさんは続けた。

『この世にはまだまだ存在する民族紛争や世界中を震撼《しんかん》させるテロ事件が新たな地獄を作っている。こういう人たちに銃の代わりに楽器を持たせ、やがて文化の共有ができた時、初めてこの人たちの子供も〝梵天の民〟となり、世界は真の平和を迎えるだろう』

「でも、カルザスさん、それにはどうすればいいんでしょう？」

『そうだなぁ、君はどう考えるんだい？』

私はない知識を必死で集めて、自分なりに深く考えた。

「……戦地に音楽隊が突撃して、戦車から降りてきた兵士たちが大砲音の代わりに急に音楽を演奏し始めたらどうかな。それが毎日毎日続いて、敵国の民族曲なんかも弾いてあげるの。音楽漬けにしちゃって音楽がなければ生きられないように洗脳してしまえば、戦争する気にならないんじゃないかな？」

「それって突拍子もない案だけど、けっこう面白いかも。文明は世界を救わないけど文化は世界を救うね、きっと。人の心の在り方次第なんだから」

清原さんは笑って言った。

『音楽と飯と仕事と平和教育！　アスカ、ちゃんと練習するんだぞ。ハンナに負けないように』

「そうそう、カルザスさん、このヴァイオリンを持って板東へ行きましょう」

話の腰を折ってしまうからと黙っていたけれど、クラウスさんが俘虜《ふりょ》として収容されていた板東とは、私の住む徳島のことだ。もちろん、もう収容所などないけれど、ハンナさんのヴァイオリンを連れて行ってあげるのがいいのではないかと思った。

そう提案すると、カルザスさんもハンナさんのヴァイオリンが徳島に住む私の元に渡ったことに運命を感じたようで、かつての音楽隊の生存者を集めてくれると約束してくれた。ポピーの花が咲く頃、板東に集合しようと。

「それにしてもカルザスさん、あなたはどうしてこんなにもハンナの物語に詳しいんですか？　あなたは、一体……」

清原さんの問いかけに、カルザスさんは『じき分かるよ』と答えるものだから、それ以上は清原さんも私も立ち入ることができなかった。

2

練習に戻るというカルザスさんと楽屋で別れて、私たちは大阪を後にした。

明日《あした》ない命とは思わないし、もちろん明日も平和が続くと思っているし、練習しなきゃ生きられないとも思わなかった。

かといって、今日は面倒だからまた明日では、ハンナさんのようにはなれない。

この〝アヴェ・マリア・ヴァイオリン〟を私が持っている意味がなかった。

「あすか、あなたせっかくハンナさんのヴァイオリンを持っているんだから、もっと練習しなきゃね」

徳島への帰路で答えも出ないようなことを色々考えていると、それを遮《さえぎ》るように母が話しかけてきた。

考えごとに没頭していたことと、母の口調からしてお説教に発展しそうな気配を見せたことから、「ちょっと静かにして」ととげのある声で返してしまう。

「静かにって、大事なことなんだから」

いつもであればここから口争いに発展してしまうところだ。けれどもそれでは何も変わらないと気づいて、私の方から「ごめん」と言った。

「大事なことなのは私も分かっているし、これでも色々考えてるの。お母さんにも言いたいことがあるのは分かるけど、考えている時に言われても、ちょっと……耳が痛いだけだから、もう少し私にもゆっくり考える時間をちょうだい」

「そうね、押し付けようとしていたお母さんも悪かったわ。あなたはもうちゃんと自分の力で考えられる年齢になったのよね」

いつもとは違う発展的な言い合いだった。

私たちのやり取りを見ていた清原さんが、「ちょっと」といった仕草をしてその場を引き受ける。

「人は、それぞれ使命があるんだよ、あすかちゃん。君は〝アヴェ・マリア・ヴァイオリン〟の所有者だ。僕じゃなく君のところへこのヴァイオリンが渡ったということは、君は特別な使命を持って生まれてきたと考えるべきだよ。きっと君は立派な〝梵天の民〟の一人になる」

私は神妙に清原さんの話を聞いて、素直に頷《うなず》いた。

「お母さん、私、東京でレッスンを受けたい。お母さんが私のことを医者にしたいって思っているのは分かるんだけど、もっと真剣にヴァイオリンと向き合いたいの」

「大丈夫よ、お母さんから東京でレッスンを受けられるよう先生にお願いしておくから」

母は反対などしなかった。

もちろん、手放しで賛成してくれているわけではないだろうけれど、私の本気を理解しようとしてくれている。

それからというもの、私は何事も嫌がらずできる限りのことをして毎日を送るように心掛けた。

平和な一日を送れたということにどんな大切な意味があるのか、理解できたかどうか分からない。

けれども、言葉で表せなくても感性がそれを思い感じるようになった。

一日のほとんどを音楽のことを考えて過ごしていることもあって、大阪から帰った直後の学校のテストは最悪だった。

しかし、珍しく母は怒らなかった。

一回のテストの成績より、数字にならなくても確かな心の動きを自分のものにできた時、それはやがて大きな何かを生む種になるだろうからと話してくれた。

たしかに母の狙いは当たっていて、テストの成績はさんざんだったけれど、『アヴェ・マリア』はだんだんいい音が鳴り始めていた。技術的なものではなく、ハンナさんの話を聞いたことがいい音色を出させているようだった。

口うるさいと思ってきた母だけれど、母は色んなことを私に感じ取らせたくて先回りしてくれていたんだってことが分かる。

私は自分が天才じゃないことを母に知られるのが怖いと思っていたけれど、母はとっくに私が平凡な女の子だということは分かっていて、そんな私に、堅実な道を歩かせたいという一心で医者の道に進ませようと一生懸命になってくれていたのだ。

それが分かって、やはり母親には敵《かな》わないなと、嬉《うれ》しい敗北を感じた。

3

「あすか、すごいお話が来たわよ」

年の瀬も迫ったある日、電話をしていた母は、受話器を置くのも忘れて私の部屋に飛んできた。

「なに、どうしたの？」

「さっき清原さんから電話があって、すごい話をいただいたの。来年の夏のことになるんだけどね、ハンガリーのブダペスト音楽祭、オーストリア・ウィーン音楽祭、ザルツブルグ音楽祭、ドイツでの音楽祭など各地にあなた出てくれないかしら？」

「ええっ？」

母から聞いた話によると、私たちがカルザスさんに会う前に清原さんが〝アヴェ・マリア・ヴァイオリン〟の詳細を知ろうとしてポーランドのラジオ局に問い合わせたことが発端らしい。

〝アヴェ・マリア・ヴァイオリン〟の話を聞いたラジオのリスナーから、そのヴァイオリンの音色を聴きたいという問い合わせが多かったようで、清原さんを通じてオファーがあったようだ。

「それでね、世界中の子供たちも一緒に参加させようっていうことで一つの企画になったんだけど、その子供たちの団体の一人として行って欲しいんだって。あなたはそこで『アヴェ・マリア』を弾くのよ」

「ひょっとして、ソロ？」

「当たり前でしょう。しっかり練習しなさいよ」

驚きのあまり言葉をなくす私に、母はカラッと笑ってお決まりの言葉を言った。

それからのレッスンは明らかに厳しくなった。

先生からの要求も強く、音の表現、心の表現、すべてのチェックが今までにないくらい詳細になった。私の方も人に聴いてもらうのを意識することで曖昧《あいまい》な部分を一つひとつなくしていく。

何度も何度も同じ個所《かしょ》を繰り返すような地味なレッスンを続けて、夏になると私はヨーロッパへ飛び立った。

団体は日本の子供たちのほか、アメリカ、カナダ、イギリス、オーストラリア、ドイツ、フランス、スイス、中国などから十名ほどの参加者がいた。

もちろん言葉は通じない。

けれども音楽という特別な共通言語のために、友達になるのに何分もかからなかった。

お互いに違う言葉でしゃべり合いながら、どうして通じているのか、どうしてリハーサルもほとんどなく、うまくやってのけるのか、大人たちは不思議がっていた。

そして最終日、オーストリアはシュテファン寺院公演での出来事だった。

すでに何公演かを終え、最終公演ということもあって、みんなに心の余裕ができていた。

今度はホールではなく教会ということで、日本で見たこともない大聖堂とみごとなステンドグラスの荘厳さに緊張がよぎった。

音もよく響くので小さなミスも分かってしまう。

公演は連日大盛況だったが、この教会ではいっそう人が多く、座りきれない人たちが外に溢《あふ》れ、急きょ教会の大門を開けての公演となった。


フィオッコの『アレグロ』から始まって、ヴィヴァルディの『ヴァイオリン協奏曲イ短調第一楽章』、ボッケリーニの『メヌエット』、ウェーバーの『狩人《かりゅうど》の合唱』、バッハの『メヌエット第二番』、『きらきら星』の斉奏、パッフェルベルの『カノン』、『浜辺の歌』、『ふるさと』とアンサンブルが続いた。

四歳の子供たちが演奏に立った時は、特に演奏前から感嘆の声や割れんばかりの拍手が起こった。子供たちの演奏の後は拍手だけではおさまらず、「ブラヴォー」と飛び交う声に足踏みまで起こってしばらく鳴りやまなかった。

「さて、みなさん——」

歓喜した客席をいったん落ち着かせるべく、ウィーン市長が立ち上がった。

「いよいよ、最後はあの〝アヴェ・マリア・ヴァイオリン〟の登場です。曲はもちろん、シューベルトの『アヴェ・マリア』です」

言い終わらないうちに観客は総立ちとなり、嵐のような拍手の渦となった。

何度経験しても、どうもこの場だけは毎回慣れることはない。

なぜって、どこの会場であってもみんなの期待が大きすぎるからだ。

教会ステージの真ん中に立って、遠く入り口のステンドグラスを見上げ、大きな息をつきゆっくりとお辞儀をした。

と、その時、左端の方から小走りにチェロを持ってやってくる老人と中年の女性がいた。

「カルザスさん……？」

やってきたのは、久し振りに見るカルザスさんだった。

あまりの驚きに大勢の観客の前だということも忘れて、カルザスさんと抱き合った。

しばらくの抱擁の後、カルザスさんはマイクを取り、観客の方を見る。

『皆さん、突然申し訳ありません。私はこの〝アヴェ・マリア・ヴァイオリン〟とアウシュヴィッツを共に生き抜いたハンナ・ヤンセンと最後まで『アヴェ・マリア』を奏でたレオ・ロチェスターといいます』

「……え、ええっ！」

完璧《かんぺき》な英語は分からないまでも、カルザスさんの言っている意味はくみ取れた。

カルザスさんがレオだったなんて、観客の誰よりも私が一番びっくりしている。

ヴァイオリンを落とさんばかりの私の驚きように、カルザスさんは話を続けながらウインクを投げた。

『そして、こちらの女性はハンナを匿《かく》まい、ドイツ人であるにもかかわらずハンナ一家を見守るためアウシュヴィッツ行きを自ら志願し、音楽隊の総指揮をとったビュルガー・クラウス氏の姪《めい》にあたるサラ・クラウスさんです。〝アヴェ・マリア・ヴァイオリン〟の音色に引き続き、途中から僕たちも演奏に入ってよろしいでしょうか』

答えの代わりに再び総立ちの拍手になった。

いつまでも動揺が収まらないのは私一人で、それすら観客は喜んでいるようだ。

市長は予定外のすばらしい出来事に嬉《うれ》し涙をにじませ、胸の前で大きく手を叩《たた》きながら舞台に出てきてそれぞれと熱く抱擁した。拍手は鳴りやまなかった。

大きな拍手の後、静寂が訪れると、深くお辞儀をしてヴァイオリンを構える。

客席から息をのむ音が聞こえた。

静かにピアノ伴奏が入り、『アヴェ・マリア』を弾きはじめる。

教会は他の公演場所とは違って、音がすこぶるよく響いた。

自分の演奏で心が洗われるというのも変だけれど、余計な雑念など拭《ぬぐ》いさられて洗練された音が私の手から紡ぎだされていく。私を中心として、澄んだ甘い音の波が人々の心の中へと溶け込んでいった。

途中でチェロが入り、そして最後にサラ・クラウスの歌声が入った。その歌声と演奏は、とてもこの世のものとは思えなかった。

人の耐えうる極限の苦しみをはるかに超えた者たちが神に思う心というのだろうか……大勢の罪なき犠牲者たちを安らかにと願う思いを天に届けてくれるようなこの一曲に、客席の人々は目頭を押さえていた。

『アヴェ・マリア』の演奏が終わっても拍手はなく、誰も席を立とうとしなかった。

三人はお互いの手を取り、一緒に深く頭を下げた。

と、その時、最前列の人々が拍手をしながら前に飛び出してきた。それを見た後ろの席の人も立って前へ前へ移動してくるのが見える。

会場の人々が私たちのもとに押し寄せて、総立ちの拍手となった。

こうしてすべての公演は大成功に終わった。

後奏曲《ポストリュード》　ハンナとあすか

ツアーが終わった後、私はカルザスさん、サラさんと共にアウシュヴィッツに向かった。

「わあ……」

ハンナさんがここで弾き始めた時のように、初夏から色とりどりのポピーがアウシュヴィッツ強制収容所跡の荒涼とした野原一面を埋め尽くしていた。

誰も見ていないこの野原で、三人で『アヴェ・マリア』を演奏し歌った。

最後に、私は二人に頼みたいことがあった。

「ここを去る前に……、ハンナさんが弾けなかった最後のあの曲を代わりに弾きたいんです」

『それはいい。アスカ、君が弾いてくれるのかい？』

「はい、ハンナさんのために。そして……カルザスさん……いいえ、レオさん、あなたのためにも」

拙《つたな》い英語で言うと、カルザスさんの瞳《ひとみ》に涙があふれた。

私が思ったとおり、カルザスさんはハンナさんが突然ヴァイオリンの演奏を止めてしまったあの日からずっと、時を止めてしまっていたようだ。

ハンナさんのこのヴァイオリンで『ラルゴ・エスプレッシーボ』を演奏するまで、カルザスさんのアウシュヴィッツは終わらない。

そう思っていた。

はるか昔、幼き日々
私はあなたたちの家族でいられた
やさしいお母さんの笑顔
ぶっきらぼうだけど力強いお父さん
いつも黙って私を抱いてくれたおばあさん
そしておじいさん
体の不自由を素敵な心で支えていたお姉さん

もっと遊んであげたかった弟アンドリュー
みんな、大切な私だけの家族だった
いつまでも幸せはあると思っていた幼き日々
神様　許されるなら
ただひとつだけのお願い
もう一度
もう一度だけ
あの頃の私でいてみたい

——演奏が終わると、三人の足元には、ハンナのように可憐《かれん》な赤いポピーが揺れていた。

了

【主要参考文献】

アニタ・ラスカー＝ウォルフィッシュ（藤島淳一訳）『チェロを弾く少女アニタ　アウシュヴィッツを生き抜いた女性の手記』原書房
ジュディス・S・ニューマン（千頭宣子訳）『アウシュヴィッツの地獄に生きて』朝日新聞社
シモン・ラックス／ルネ・クーディー（大久保喬樹訳）『死の国の音楽隊　アウシュヴィッツの奇蹟《きせき》』音楽之友社
F・K・カウル（日野秀逸訳）『アウシュヴィッツの医師たち　ナチズムと医学』三省堂
鈴木鎮一『愛に生きる――才能は生まれつきではない』講談社
佐々木庸一『ヴァイオリンの魅力と謎』音楽之友社
鳴門市ドイツ館史料研究会『どこにいようと、そこがドイツだ　板東俘虜《ふりょ》収容所入門』
ヤニナ・ダヴィド（松本たま訳）『ゲットーの四角い空　戦時下ポーランドの少女時代』『自由の小さな大地　続・戦時下ポーランドの少女時代』未来社
加藤隆『一神教の誕生　ユダヤ教からキリスト教へ』講談社
志村史夫『いま「武士道」を読む　21世紀の日本人へ』丸善
その他各紙・誌

あとがき

本書は、一般向きに書いたものでしたが、第六〇回青少年読書感想文全国コンクール課題図書（高校生の部）作品に選ばれる栄誉を頂きました。今回は六〇回目ということで特別にシニアの部も設けられ、全国の高校生やご高齢の方々からすばらしい読書感想文が寄せられ、大臣賞以下沢山の賞を取っていただけることができました。各県の入選者のほとんどが『アヴェ・マリアのヴァイオリン』で感想文を書いた生徒でした。皇太子さまは表彰式と、後のパーティーともご列席になられ、児童生徒たちに優しくお声をかけられていらっしゃいました。私が子供の頃には『ビルマの竪琴《たてごと》』が課題図書だったと記憶します。一生懸命感想文を書いたものは生涯忘れずに心に残っています。青少年の心の血となり肉となれる作品に選ばれ、また、このように読書感想を書いてくださった人たちにお会いできたということは、著作者にとっても、これ以上のすばらしい賞はございません。

今後の進展として二〇一五年八月三〇日に宝塚市文化財団から演劇になったり、二〇一六年以降逗子市から本作中の曲でのサロンコンサートや世界的指揮者小林研一郎氏の名プロデューサー小林桜子様から室内楽の御提案を頂いたり国際連合本部から世界に向けての舞台化がDPI・NGO国連クラシックライブ協会より開発されています。

その他、国語教材専門の尚文出版より高校の現代国語の問題集に使用が決まったり、有名中学校の入試問題として出題されたり、Mr. Jonathan Barrett Adamsと大隈《おおくま》優子《ゆうこ》さんとのコラボレーションで英語翻訳化が決まったりと形を変えて、ハンナやクラウス、あすかたちと再び会うことができますことに感謝いたします。

アウシュヴィッツ強制収容所に関しては、皆様がご存じの『アンネの日記』や『夜と霧』他、その経験者の著作がたくさんあります。読めば読むほど、私たちにさまざまな大切なことを問いかけてきます。命も尊厳も顧みられない出来事は、相変わらず世界のどこかで繰り広げられているし、我々のすぐ足元にも慈愛のない「いじめ」や「虐待」という形で存在しています。

平和とは、まるで出来損ないの弥次郎兵衛《やじろべえ》のようなものであるということを私たちは認識しなければなりません。誰が国政を担ってもたいして変わらないと政治を軽視する心、いじめられている友達がいても自分に降りかからないように見て見ぬふりをしている子供たち等々、私たちもアウシュヴィッツでの出来事のような異常性を多かれ少なかれ日常に潜ませているといえるのではないでしょうか。特別な国の特別な人たちが起こしてしまったもので我々とは全く関係がないことではないのです。

少女ハンナは極悪な環境下で、果敢に生き抜きました。その背景には仲間同士の思いやりと毎日やらなくてはならないことがありました。そして「音楽」を通して少しずつドイツ人に対しての「許し」の心が芽生え始めます。アウシュヴィッツ強制収容所の解放後、空や草木などの自然はすでに再生を遂げている様を感じた時に、時間と心を封印していた「憎しみ」も自然と浄化されていきました。その中で自分のするべき「生きるための目的・使命」を見出していきます。「許し」というのはハンナにとっても「生きる道への再生、平穏平和への一歩」になったのです。相手を許し、自分の心のわだかまりを溶かすことは平和と前進において実は非常に大切なことです。そういうところも丁寧に読み取っていただきたく思います。

アウシュヴィッツ強制収容所で生き残ることができた人の中には「希望や夢を持っていた」人が多いという統計が、『夜と霧』の著作者、精神科医でもあるビクトール・フランクル氏によって取られていました。クラウスはアウシュヴィッツ音楽隊員に大きな「使命と夢」を与え「生き抜くための希望の光」をもたらせました。自らも「板東の奇跡」を生涯の「夢」として語り現在の私たちに、その夢をさらに託しています。

また、平和であることが個々の幸せに即、繋《つな》がらないことを、この物語を通じて感じられたことでしょう。同じ環境下で助け合う仲間がいて、自分が必要とされている時、個々のレベルではある意味幸せだったり、平和であっても、孤独で自分はこの世になんの価値もないと思っているとするならば、戦争とか平和の意味などは、その人にとっては無意味なものと化してしまうのです。ハンナは平和になってもフラッシュバックに脅《おび》え、生きる目的を失いました。生きる目的が見つかった時にやっと、彼女には心の平和が戻ってきました。板東のドイツ兵は生活をするための仕事から、気概をもった仕事を知ることができるようになりました。自分がやっている仕事、能力が他人のために、喜ばれ、尊重され、お互いに尊厳を大切にしながら生きた数年間を味わい、世界の平和はこの小さな平和を大きくするだけなのに、とクラウスは考えます。平和とは個々の尊厳が保たれ、尊重され、お互いが慈愛にあり、気概をもって生きられることなのです。

平和でありすぎて危機感もなく、しかも人生の通過点で思うようにいかずに世の中に必要とされていない虚無感から自暴自棄になる若者は確かに沢山います。現代っ子あすかも友達の亜由美もまた、自分の価値観や生き方を求めて生き難さの中にさまよっている旅人のようなものです。しかし、若い時に特別な経験をした、一握りの人以外は、とりあえず今を必死で生きているうちに自分が進みたい方向性や価値概念が見えて来るもので焦ることは全くないと思います。

私は、この作品によせ、アウシュヴィッツ強制収容所や板東収容所での出来事を単にフィクション化して書いたわけではありません。主題は音楽です。文化的な意義をこの作品を通して見つめ直し、さらに将来に向けて有意義な音楽文化の在り方を皆様に考えて頂ければ、という思いに駆られました。

聖書に「神は言葉なり」と言う節があります。言葉は「音」なのです。荒々しく汚い「音」は人の心を荒々しく汚くしますし、優しく澄んだ「音」は人の心に優しさと平穏を届けます。同じように「言葉」もそうです。慈愛のある「言葉」は人を助け、慈愛のない「言葉」は人の尊厳を容赦なく傷つけてしまいます。戦争も平和も実はそういう小さな積み重ねの精神がもとになることではないでしょうか？

この作品中にある、ヨーロッパ音楽祭に子供たちが出演した時の事です。暗いキリスト教会の控室で出演を待っていた時でした。十歳くらいのオーストリアの男の子が急にバッハの「ドッペルコンチェルト」と言う難しい曲を弾きだしました。するとどうでしょう。その場にいた世界中の子供たちがパートに別れて弾きあって遊び始めたのです。言葉が通じないのに、音楽を通して友達になれたのです。その時、薄暗かった控室に、ステンドグラスの窓から一条の光が差し込み、音楽に興じている彼らを鮮やかに浮かび上がらせました。本書の原風景は、私が実際に見たこの様子でした。

これからを担う子供たちに本書を通じて自然に平和を願う心、慈愛のある心が育つとどんなに嬉《うれ》しいことかと存じます。

最後にこの物語を出版まで導いて下さいました編集担当の古里学さん、課題図書に選んでくださいました全国学校図書館協議会選定部の方々、物語の誕生をずっと心待ちにしてくださっていました方々、読書感想文を書いてくださった日本中の生徒さんたち、および一般の方々、またこれからいろいろな形に変えてご支援くださいます団体の方々にこの紙面を借りまして厚く御礼を申し上げます。

二〇一五年、戦後七〇周年、文庫化に寄せて本書は、二〇一三年十二月に小社より刊行された単行本を文庫化したものです。

本書は、フィクションです。

ただし、主なエピソードは実際の出来事を元にしています。

アヴェ・マリアのヴァイオリン

香《か》川《がわ》宣《よし》子《こ》

平成27年 6月25日　初版発行
令和7年 9月25日　12版発行

発行者●山下直久

発行●株式会社KADOKAWA
〒102-8177　東京都千代田区富士見2-13-3
電話　0570-002-301（ナビダイヤル）

角川文庫 19224

印刷所●株式会社KADOKAWA
製本所●株式会社KADOKAWA

表紙画●和田三造

ISBN978-4-04-103156-8　C0193

◆◇◇

角川文庫発刊に際して

角　川　源　義

第二次世界大戦の敗北は、軍事力の敗北であった以上に、私たちの若い文化力の敗退であった。私たちの文化が戦争に対して如何に無力であり、単なるあだ花に過ぎなかったかを、私たちは身を以て体験し痛感した。西洋近代文化の摂取にとって、明治以後八十年の歳月は決して短かすぎたとは言えない。にもかかわらず、近代文化の伝統を確立し、自由な批判と柔軟な良識に富む文化層として自らを形成することに私たちは失敗して来た。そしてこれは、各層への文化の普及滲透を任務とする出版人の責任でもあった。

一九四五年以来、私たちは再び振出しに戻り、第一歩から踏み出すことを余儀なくされた。これは大きな不幸ではあるが、反面、これまでの混沌・未熟・歪曲の中にあった我が国の文化に秩序と確たる基礎を齎らすためには絶好の機会でもある。角川書店は、このような祖国の文化的危機にあたり、微力をも顧みず再建の礎石たるべき抱負と決意とをもって出発したが、ここに創立以来の念願を果すべく角川文庫を発刊する。これまで刊行されたあらゆる全集叢書文庫類の長所と短所とを検討し、古今東西の不朽の典籍を、良心的編集のもとに、廉価に、そして書架にふさわしい美本として、多くのひとびとに提供しようとする。しかし私たちは徒らに百科全書的な知識のジレッタントを作ることを目的とせず、あくまで祖国の文化に秩序と再建への道を示し、この文庫を角川書店の栄ある事業として、今後永久に継続発展せしめ、学芸と教養との殿堂として大成せんことを期したい。多くの読書子の愛情ある忠言と支持とによって、この希望と抱負とを完遂せしめられんことを願う。

一九四九年五月三日